Dato Tourachvili

GÉNÉRATION DENIM

LA BÊTE NOIRE
Robert Laffont

LES ONDES
Label dirigé par Camille Racine

L'AUTEUR

Dato Tourachvili est l'un des auteurs les plus primés et les plus vendus de Géorgie. Ses textes ont été traduits dans une vingtaine de langues. Pendant ses études, Tourachvili a participé à des manifestations contre l'occupation russe. Il vit et travaille à Tbilissi comme présentateur de télévision. La plupart de ses livres sont construits sur des faits réels qu'il transpose ensuite en fiction. *Génération denim* a été publié en Géorgie en 2008 et a été traduit dans dix-neuf pays.

Dato Tourachvili

GÉNÉRATION DENIM

Traduit du géorgien par Alexander Bainbridge

LA BÊTE NOIRE
Robert Laffont
LES ONDES
Label dirigé par Camille Racine

LA BÊTE NOIRE

Collection dirigée par Glenn Tavennec

Titre original : ჯინსების თაობა

First published by Bakur Sulakauri Publishing, Tbilissi, Georgia

ISSN 2431-6385
ISBN 978-2-221-25821-7

(éd. originale : 978-9941-23-344-9)
Dépôt légal : août 2022
Éditions Robert Laffont – 92, avenue de France, 75013 Paris

Ces jours bleus et ce soleil de l'enfance…

Dernier vers écrit par Antonio Machado

Je n'avais pas prévu de publier ce livre, car je pensais naïvement qu'après la chute de l'URSS le passé soviétique de la Géorgie ne serait plus qu'un amer souvenir. J'avais tort. Il s'avère finalement que le passé est toujours susceptible de revenir en force, surtout lorsque nous sommes incapables de nous en séparer.

Nous nous sommes éloignés du pays et de son temps, mais nous n'avons pas réussi à transformer les mentalités. Nous faisions partie de l'Empire du mal, empire dans lequel la gentillesse était si rare que ce super-État, qui avait été le premier à partir à la conquête de l'univers, ne réussissait pas à produire le moindre jean – quoi de plus innocent, cependant, qu'un jean ? –, de sorte que, incapable d'en fabriquer, il les a tout simplement bannis.

Les jeans devinrent alors plus doux que le fruit défendu. La jeunesse soviétique, pour qui ces pantalons étaient une bouffée de liberté, tenta par tous les moyens d'en obtenir sur le marché noir. Parmi les jeans qui se frayèrent un chemin jusqu'en Géorgie, par diverses routes de contrebande, se trouvaient des originaux. Mais à l'époque tout le monde croyait que le vrai « tissu de Nîmes » (comme toutes les choses vraies) provenait des États-Unis, l'ennemi juré de l'URSS. N'importe quel jean étant prétendument américain et la propagande soviétique reposant sur la dissolution des valeurs américaines (pantalons inclus), beaucoup pensèrent que le bonheur résidait là où les jeans étaient fabriqués en nombre.

Il y avait une part de vrai dans ces croyances. L'État soviétique refusait à ses citoyens leurs droits fondamentaux et parmi eux le droit à la propriété. On ne pouvait être libre que dans un caveau ou plutôt les autorités ne cessaient de s'inquiéter pour votre liberté que lorsque vous étiez mort. Même les fonctionnaires athées le savaient, un jour ou l'autre, ils se retrouveraient inhumés dans le même sol. Personne ne se voyait refuser l'accès à une tombe.

Il y avait peut-être d'autres raisons à cela, mais c'est un fait qu'une concession dans un cimetière était la seule propriété privée que le gouvernement autorisait. Ce positionnement politique marqua un tournant : c'est là que commença la dégradation du goût géorgien pour le pire. Pendant des siècles, les tombes géorgiennes avaient toujours été, selon la tradition, simples et modestes, mais en Géorgie soviétique elles furent progressivement décorées à l'excès. On les équipa de tables et de bancs en marbre, de statues, de vélos et même de voitures. Les Géorgiens soviétiques étaient sûrs d'une chose : leur concession au cimetière leur appartenait et ce petit terrain, contrairement à toute autre forme de propriété, ne leur serait jamais retiré. Voilà pourquoi ils s'en occupaient, travaillaient à l'embellir (enfin, d'après eux) et y bâtissaient la seule propriété qui leur appartiendrait un jour. Le gouvernement soviétique fermait les yeux devant les excentricités des sépultures. Les principes du régime ne s'étendaient pas aux sépultures géorgiennes : c'était le seul endroit de Géorgie soviétique où l'autorité soviétique ne s'exerçait pas.

Le pouvoir géorgien montrait plus de respect à ses défunts qu'aux vivants. Cependant, il y avait un prérequis pour obtenir une concession : il fallait mourir de mort naturelle. Si la mort relevait de causes criminelles, le défunt était enterré, mais pas dans une sépulture privative. Selon leur logique, il ne le méritait pas.

À partir des années 1920, des milliers de personnes exécutées à travers le territoire trouvèrent le repos éternel, mais de manière anonyme. Il arrivait fréquemment que le fossoyeur assigné à la tâche de creuser un trou (et non une tombe) ne fût pas en mesure de localiser précisément le site d'inhumation. Parce qu'il n'en existait aucune indication. En outre, la tâche était accomplie dans l'obscurité la plus totale. Il était donc peu probable qu'un fossoyeur identifie un champ aride comme un lieu de repos éternel quinze ans après la mise en terre. Quand bien même il aurait été le tueur, il se serait empressé d'oublier ce paysage.

Lui, pourtant, crut se souvenir de l'endroit exact où reposait le corps de Guéga Kobakhidzé. Il avait gardé le secret si longtemps dans le seul but de le partager un jour avec la mère de Guéga. Cette dernière, Natéla Matchavariani, à qui l'on avait ces quinze dernières années Dieu sait combien de fois soufflé à l'oreille que l'on savait où se trouvait Guéga, devina juste : cet homme savait vraiment quelque chose.

Il était impossible qu'il n'en sache rien, car il n'avait pas de visage, précisément à cause de ce qu'il avait vu. Ses traits étaient comme effacés, masqués par les blessures, la douleur et l'étonnement. Natéla Matchavariani devina que cet homme, en réalité, était mort depuis longtemps et que, pour cette raison même, il en saurait plus sur d'autres morts. Pendant des années, la mère de Guéga Kobakhidzé fut approchée par des « sympathisants » affirmant qu'ils pourraient lui montrer la tombe de son fils. Elle les suivit tous, sachant pertinemment que plusieurs avaient été envoyés par le KGB, que d'autres exigeaient une récompense et que certains, enfin, l'avaient tout simplement abandonnée dans des gares de plaines arides de Sibérie.

Difficile de croire en la mort avant d'y être confronté. Plus difficile encore de croire à la mort de votre fils lorsque les autorités vous la cachent et que vous n'avez aucune possibilité d'obtenir une réponse officielle. Mais personne ne peut vous ôter l'espoir. L'espoir vous appartient à vous et vous seul, vous propulsant en avant, vous poussant à poursuivre votre vie.

Pendant des années, différentes personnes ont nourri l'espoir de la mère. Elles dirent avoir vu Guéga en vie dans une prison ou une autre, ou dans un camp sibérien. Les parents s'y rendaient pour retrouver leur fils. Non avec l'espoir d'identifier une trace de leur descendance, mais plutôt pour que leur espoir ne meure pas.

Le fossoyeur apparaissait lorsque l'espérance était sur le point de s'éteindre.

D'autres parents préférèrent connaître la vérité, si douloureuse qu'elle puisse être. Ils préféraient savoir où se trouvaient leurs enfants, même massacrés. Lorsque le fossoyeur arriva, Natéla Matchavariani devina immédiatement que cet homme savait quelque chose, qu'il en savait plus que toutes les personnes réunies qui venaient lui souffler à l'oreille. Natéla comprit que cet homme était le fossoyeur de leur espoir.

Ils partirent discrètement. Il faisait froid, mais les femmes n'avaient peur ni du froid ni du sol trempé qu'elles auraient creusé si les hommes n'avaient pas refusé leur aide. Il pleuvait. La pluie s'interrompait parfois, cependant le sol était si boueux que l'essoufflement des hommes était audible jusqu'au bout du vaste champ.

Les femmes n'avaient pas peur, mais Natéla Matchavariani n'en demeurait pas moins étonnée par la précision des propos du fossoyeur. Elle cherchait à se rappeler son visage, ce qui était impossible, car en réalité il n'en avait plus. Le champ s'étendait à perte de vue, cet immense charnier dans lequel l'on enterrait, de nuit, les corps que l'on avait fait venir de la ville. Tous ces gens que le gouvernement soviétique avait tués, sans nom et sans cercueil.

Les Géorgiens nomment le cercueil « palais » afin de rendre la mort plus légère, mais tous ceux qui ont été exécutés par le gouvernement soviétique ont été enterrés sans « palais ». Voilà pourquoi le fossoyeur fut lui-même surpris lorsqu'il entendit (enfin) le son d'une pelle froide heurter un obstacle. Ce n'est qu'à ce moment-là qu'il se rappela du prisonnier exceptionnel que l'on avait enterré dans un cercueil. Il répéta alors, avec plus de confiance, qu'il s'agissait certainement de la raison pour laquelle ils étaient tous venus. Le cercueil n'était pas un modèle classique en bois, mais en acier. En entendant le son de la pelle, le père de Guéga, Micha Kobakhidzé, se sentit très mal. Si mal que les femmes décidèrent de lui donner un peu d'eau. Or il n'y en avait pas plus que de village à proximité. De toute façon, personne ne parvenait à se rappeler le chemin par lequel ils étaient finalement arrivés dans ce champ. De Tbilissi jusqu'au champ, chacun d'eux avait spontanément essayé de se souvenir de la route à suivre pour rentrer, mais dès qu'ils perçurent le bruit de la pelle sur le cercueil, la route disparut sous leurs yeux et ils se retrouvèrent dans une ville inconnue, une ville aux abords de Tbilissi, fondée en 1921, une ville souterraine dont les sols couverts de fleurs dissimulaient l'histoire récente de la Géorgie et de sa capitale.

Ce champ contenait l'histoire secrète de la Géorgie du XXe siècle, et ce monde souterrain avait souvent accueilli des gens de l'« *underground* ». Ici gisaient ceux à qui le gouvernement soviétique n'avait pas même accordé un verre d'eau – les morts n'ont plus besoin d'eau. Voilà pourquoi personne ne put deviner (et n'apprit jamais) d'où le fossoyeur avait apporté de l'eau lorsque Micha Kobakhidzé se sentit défaillir. L'on dispensa les parents de Guéga Kobakhidzé d'être présents lors de l'ouverture du cercueil, mais qui sait combien de fois ils avaient déjà assisté à une telle scène ? Il fut ouvert par les autres. Natia Mégrélichvili reconnut immédiatement le corps, et ce n'était pas celui de Guéga Kobakhidzé.

Avant de trouver ce cercueil, en ce jour pluvieux de 1999, et tandis que plusieurs personnes s'affairaient, le visage tendu et nerveux, à creuser le sol de ce champ, avant qu'il n'y ait eu le moindre indice que quelqu'un aurait pu y être enterré, cet homme au visage étrange répondit à voix haute au silence de Natéla Matchavariani :

« C'est bien ici. Je m'en souviens exactement.

— Ça fait quinze ans..., dit quelqu'un.

— Guéga est enterré ici, je m'en souviens exactement. »

Les hommes continuèrent à creuser en silence ; seul leur souffle rapide se fit entendre jusqu'à ce que la pelle heurtât l'acier. Tout le monde se figea le temps d'une seconde avant de se remettre en mouvement et de sortir le cercueil du sol.

Lorsque les hommes l'ouvrirent, les femmes se détournèrent brusquement et attendirent leur réaction. Ils regardèrent perplexes le corps qu'il était si difficile d'identifier après tant d'années. Natia Mégrélichvili assura d'une voix calme et confiante :

« Ce n'est pas Guéga. C'est Soso, je le reconnais avec son jean, il y a un soleil dessus. »

Les autres se penchèrent sur le défunt et découvrirent qu'il portait un jean qui n'avait pas été abîmé par le temps ou la terre. Le pantalon avait l'air neuf et il y avait un soleil brillant au-dessus du genou droit.

Génération denim

Éka Tchikhladzé ne s'était jamais imaginé revoir un jour Soso Tsérétéli, ce Soso qui, même quinze ans plus tard, portait toujours le jean dans lequel elle l'avait vu quelques jours avant le détournement de l'avion…

Tina

Quinze ans plus tôt, le 18 novembre 1983, une jeune femme, grenade à la main, se tenait à la porte ouverte d'un avion qu'elle et ses amis avaient en vain tenté de détourner et qui avait finalement atterri à Tbilissi. Dans l'attente du dénouement, son visage se couvrait peu à peu de gouttes de pluie.

Elle se tenait là, prête à dégoupiller la grenade, afin de pousser les autorités à accélérer ce qu'ils avaient prévu. Le dénouement avait été attendu avec anxiété par tous les passagers. Plusieurs d'entre eux et des membres de l'équipage avaient été assassinés lorsque l'appareil avait été criblé de balles. Leurs corps gisaient sur le sol de la cabine. D'autres étaient blessés – leurs gémissements fendaient le silence qui régnait à bord. Parmi eux, une femme supplia Tina dans un murmure de ne pas faire sauter la grenade. Tina resta silencieuse pendant quelques instants avant de répondre finalement, avec un soupçon de regret dans la voix, et plus à elle-même qu'autre chose :

« Calmez-vous, madame. Tout cela n'est pas réel. »

Mais la femme comme l'ensemble des autres personnes à bord ne ressentaient que terreur. Au milieu de tous ces visages, Tina chercha celui qui lui était le plus cher. Elle finit par distinguer Guéga et ne le regarda dans les yeux qu'un bref instant. Une seule seconde. Au moment précis où les forces spéciales postées sur le toit de l'appareil donnèrent l'assaut, et où la cabine de l'avion se remplit soudain d'une épaisse fumée blanche...

Elle avait toujours été très belle, même lorsqu'elle était petite. Les garçons l'avaient aimée et draguée partout où elle se trouvait : à l'école, puis pendant ses études secondaires, lors des cours de dessin ou d'anglais.

En grandissant, sa beauté l'irritait, car on la lui faisait constamment remarquer. Il lui semblait que les garçons s'intéressaient à elle pour cette seule raison. Tina pensait qu'elle était plus intéressante que belle, mais ça, les garçons ne le comprenaient pas, et c'est peut-être pourquoi Tina n'était jamais tombée amoureuse avant de rencontrer Guéga.

Elle étudiait déjà à l'académie des beaux-arts lorsqu'il tomba par hasard sur ses peintures et entreprit d'obtenir son numéro de téléphone. Cette artiste possédait une telle voix que Guéga en tomba immédiatement amoureux. Celui-ci lui annonça qu'il avait vraiment aimé ses peintures et qu'il voulait la rencontrer, mais qu'il préférait d'emblée l'avertir qu'il était invalide. Il lui fallut longtemps pour comprendre pourquoi il avait fait cette horrible blague, mais la réponse de Tina l'avait étonné :

« Ça n'a pas d'importance, que vous soyez invalide ou pas. Pour moi, c'est la personnalité qui est importante. »

La fille à la voix si enfantine ressemblait davantage à un ange qu'à une étudiante de l'académie des beaux-arts. Sous l'effet de la surprise, Guéga raccrocha. Il ne s'attendait pas à une réponse pareille. Il ne parvenait pas à admettre qu'une jeune fille moderne de Tbilissi puisse être ainsi, et il regretta amèrement sa mauvaise blague. Il la justifia à ses propres yeux, cependant, en s'imaginant qu'il avait fait exprès de ne pas révéler sa véritable identité à Tina. Guéga était un jeune acteur de vingt-deux ans, mais il avait déjà eu de nombreux rôles dans plusieurs films et tous les cinéphiles de Géorgie connaissaient son nom. Acteur doué et bel homme, il était très populaire à Tbilissi, surtout auprès des jeunes filles. Et c'est exactement ce qu'il ne voulait pas : il ne voulait pas se servir de sa popularité, voilà pourquoi il avait inventé qu'il était invalide et qu'il ne se déplaçait qu'en chaise roulante. Il y réfléchit encore quelques instants et conclut que faire machine arrière à ce stade serait pire. Il prit le téléphone et composa de nouveau le numéro de Tina.

« Allô ? » dit Tina avec sa voix de petite fille qui manquait déjà à Guéga, mais en l'entendant de nouveau il se sentit déstabilisé et toussa pour masquer son embarras. Il avait beau être considéré comme un acteur des plus talentueux, à cet instant précis, il peinait visiblement à jouer son rôle et se mit lui-même à douter de son professionnalisme, ce qui le mit très mal à l'aise.

« C'est encore moi..., réussit-il enfin à répondre d'une voix timide, avant de se racler la gorge.

— Mais où étiez-vous passé ? demanda Tina, véritablement surprise.

— Nulle part. Notre ligne a dû être coupée.

— Que disiez-vous ?

— Quand ça ?

— Avant que nous ne soyons coupés.

— Je vous disais que j'étais invalide et que je ne me déplaçais qu'en chaise roulante.

— Ça ne fait rien. Si vous n'y voyez pas d'inconvénient, je pourrais venir chez vous et vous apporter quelques-uns de mes tableaux.

— Oh non, je ne veux pas vous déranger, et puis...

— Et puis quoi ?

— Et puis comme je suis toujours à la maison, je préférerais vous rencontrer quelque part.

— Je comprends, mais je ne voulais pas vous déranger non plus, et maintenant il s'avère que c'est le cas.

— Donnons-nous rendez-vous quelque part, où vous voulez.

— Non, choisissez, vous.

— Je préfère venir à l'académie, après les cours.

— Mais comment me reconnaîtrez-vous ?

— Vous me reconnaîtrez facilement. Je doute fort qu'il y ait quelqu'un d'autre comme moi ayant rendez-vous devant l'académie au même moment.

— Je vous ai déjà dit que je comprenais parfaitement votre situation...

— Oui, mais ce serait un peu gênant de voir un invalide en chaise roulante avoir rendez-vous avec une fille aussi belle que vous, après les cours...

— Une fille aussi belle que moi ? Mais comment savez-vous à quoi je ressemble ?

— Je n'en sais rien, mais peu importe : vos copines seraient quand même surprises de vous voir avec un admirateur en chaise roulante devant l'académie.

— Ça ne regarde que moi.

— Et demain, alors ?

— Quoi, demain ?

— Puis-je venir demain ?

— Les cours finissent à 15 heures demain.

— Alors j'y serai vers 15 heures. Je serai debout près de la statue. Enfin… je veux dire assis.

— D'accord. Je sortirai tout de suite après le dernier cours.

— Dans ce cas, à demain.

— J'ai dû vous fatiguer avec tout ça.

— Non, pas du tout. »

Guéga n'était pas fatigué, mais il ne souhaitait pas poursuivre cette conversation, ou plutôt il en était incapable. Il dit au revoir à Tina et raccrocha. Il sentit une étrange sensation de bonheur ou de joie l'envahir. Il était heureux d'avoir découvert que la ville abritait également des filles différentes des autres. Elles étaient peut-être peu nombreuses, peut-être s'agissait-il uniquement de Tina, mais tout de même…

Guéga réalisa également qu'il ne pouvait pas continuer à mentir à Tina et que sa blague était vraiment de mauvais goût. Tina était la dernière personne qu'il voulait décevoir. Il passa une bonne partie de la nuit à réfléchir à ses vinyles préférés, et décida le lendemain qu'il irait la voir à l'académie, qu'il lui expliquerait tout et lui présenterait ses excuses. Mais il ne réussit pas à s'endormir, même après cette décision, et passa le reste de la nuit jusqu'au matin à penser à l'étrange voix de Tina, si enfantine, la voix d'une fille pas comme les autres.

Au début de l'après-midi, il passa voir Dato. Dato Mikabéridzé était son ami et possédait une veste Wrangler que Guéga admirait beaucoup sans jamais le lui dire, car Dato était quelqu'un de très généreux et l'aurait enlevée sur-le-champ pour la lui offrir. Dato était très généreux, pas seulement parce que son père travaillait pour le ministère du Tourisme et qu'il n'aurait jamais laissé son fils adoré manquer d'une veste en jean.

Non, ce n'était pas pour ça.

Dato était simplement un type vraiment bien, voilà tout.

Mais, ce matin-là, Guéga avait décidé d'emprunter la Wrangler de Dato le temps d'une journée, même d'une demi-journée. Il rencontrerait Tina, lui ferait ses excuses et, le soir venu, il rendrait la veste à son propriétaire.

Il héla Dato de la rue. Vaja, son petit frère, sortit sa tête par la fenêtre. Le surnom de Vaja était « Prastaka », et c'était un bon garçon comme son grand frère. Guéga le salua de la main.

« Ça va ?

— Bien, et toi ?

— T'es pas à l'école ?

— Elle a brûlé.

— Quoi ?! Quand ça ?

— Ce matin. Elle brûle encore.

— Merde alors ! Il est où, ton frère ?

— J'sais pas. Il était déjà parti quand je me suis réveillé.

— Ce sont les sirènes des pompiers qui t'ont réveillé, non ? »

Ils rirent tous les deux. Puis Guéga leva de nouveau la main pour dire au revoir, mais Prastaka le retint.

« Tu voulais quelque chose ?

— Rien, je passerai plus tard.

— Ben vas-y, dis-moi.

— Oh, c'est rien. Je voulais juste emprunter la Wrangler de ton frère pour la journée.

— Attends-moi. »

Prastaka disparut de la fenêtre et rejoignit Guéga dans la rue quelques secondes plus tard, la veste à la main.

« Tiens, prends-la. Dato la porte tout le temps, mais aujourd'hui il l'a laissée à la maison. Tu as de la chance !

— Laisse tomber. Je la lui emprunterai plus tard.

— Non, non, prends-la. En fait, c'est ma veste. Mon père l'a achetée pour moi, mais elle est trop grande. Dato la porte pour le moment et me la passera plus tard. C'est une vraie Wrangler. Impossible de l'user ou de la déchirer. Elle est indestructible. »

Guéga sourit et tendit une main à Prastaka.

« Je te la rendrai aujourd'hui.

— Rapporte-la quand tu veux. Elle est encore trop grande pour moi. Garde-la jusqu'à ce que je sois grand, si tu veux. »

Guéga rit à voix haute.

« Et Dato, alors ?

— Dato va se faire moine et partir dans un monastère. Il n'aura plus besoin de jean... »

Vaja et Guéga éclatèrent de rire. Ce dernier se rappela que Dato avait vraiment un ami dans un monastère et qu'il lui rendait souvent visite ces temps-ci. Il avait même promis une fois ou deux d'emmener Guéga avec lui, mais cela ne s'était pas fait. Quoi qu'il en soit, Guéga n'avait pas le temps de réfléchir à tout ça maintenant. Il remercia Vaja et le serra dans ses bras comme il se doit à Tbilissi.

Il y avait déjà mille cinq cents ans que Tbilissi était une capitale, et comme dans toute capitale il se passait autant de bonnes choses que de mauvaises. La pire qui pût arriver à Guéga, en chemin pour son rendez-vous, se produisit lorsqu'il s'apprêtait à remonter une rue. Trois voyous armés de couteaux l'agressèrent pour lui prendre sa veste. À l'époque, tout le monde se connaissait dans le quartier de Zéméli. Il était très étrange que, lorsque quelqu'un pria Guéga de l'accompagner dans un hall d'immeuble sous prétexte d'avoir une petite affaire à régler avec lui, il n'y eût eu personne aux alentours, pas même une connaissance parmi les passants. Mais ce que Guéga trouva plus étrange encore, ce fut la rencontre dans l'entrée du bâtiment avec deux autres types semblables au premier. Cependant, il n'eut pas peur ; il alla même jusqu'à défier les trois individus d'un rictus et leur dit :

« Laissez tomber, les gars, vous ne me l'enlèverez jamais ! »

Guéga n'avait que vingt-deux ans, mais était déjà un sacré bon acteur. Et dans le hall de l'immeuble, il prononça ces mots d'une voix parfaitement calme, celle d'un homme très confiant en lui-même. Il fut d'ailleurs le premier à en être surpris. Il était surpris parce qu'il n'avait jamais prétendu être un héros. Il savait pertinemment que les détenteurs de jeans se faisaient alors détrousser à Tbilissi, et comme beaucoup d'autres il s'était déjà demandé comment il réagirait s'il était confronté à cette situation. Il avait toujours pensé qu'il ne se laisserait jamais tuer pour une paire de pantalons ou une veste, car il était convaincu de la futilité d'un quelconque héroïsme dans ce genre de situation. Voilà pourquoi il aurait, en d'autres circonstances, simplement accepté d'abandonner sa veste et sans un mot. Or il se comporta tout autrement – sûrement parce que cette veste en jean ne lui appartenait pas. Ou peut-être parce qu'il avait rendez-vous avec une fille qu'il allait rencontrer pour la première fois, qu'il ne connaissait pas, et qui avait une très jolie voix…

Deux des trois gars étaient armés d'un couteau, et avant de s'enfuir ils réussirent à poignarder Guéga. À cette époque-là, à Tbilissi, les coups de couteau étaient toujours portés aux jambes ou aux fesses et uniquement lors d'embrouilles, mais ce jour-là Guéga prit aussi un coup à l'estomac, les types cherchant probablement à endommager la veste qu'ils n'avaient pu lui arracher.

Lorsque Guéga sortit dans la rue, il réussit à faire quelques pas, mais il avait déjà perdu beaucoup de sang et s'évanouit sur l'asphalte.

Plus tard, lorsqu'il ouvrit les yeux, il se retrouva dans une chambre d'hôpital. Sa mère pleurait doucement, très doucement, à son chevet et lui caressait la main.

« Où est Tina ? demanda Guéga en tournant les yeux vers sa mère.

— Qui est Tina ? demanda-t-elle en retour, en essuyant les larmes de ses yeux étonnés.

— Je ne sais pas. Je ne l'ai pas encore rencontrée », lui dit Guéga après un instant, en souriant.

Guéga avait raison, il ne connaissait pas Tina, qui après ses cours était restée longtemps devant l'académie à attendre un garçon en chaise roulante, mais qui n'était jamais venu. Comment Guéga aurait-il pu honorer ce rendez-vous, alors qu'on l'opérait au même moment à l'hôpital ? Ce n'est que quelques jours plus tard qu'il réussit enfin à rappeler Tina.

« Je suis vraiment désolé. Je ne pouvais pas venir ni même t'appeler, car je suis à l'hôpital.

— Sympa.

— Qu'est-ce qui est sympa ?

— Désolée, je ne le disais pas dans ce sens-là, je voulais dire autre chose. Au moins tu as une bonne excuse pour ne pas être venu ce jour-là.

— Je viendrai te voir dès qu'ils me laisseront sortir.

— Si ça ne te dérange pas, je pourrais venir te rendre visite à l'hôpital et t'apporter des fruits, ou dis-moi ce que tu aimes et je te l'apporterai…

— Non, ne viens pas ici. Ils me laisseront bientôt rentrer chez moi et je viendrai te voir. Salut.

— Je te souhaite un bon rétablissement. »

Guéga demeura encore quelques jours à l'hôpital. Ses amis et ses connaissances vinrent lui rendre visite, tel un héros. À ce moment, toute la ville sut que les types n'avaient pas réussi à prendre la veste de Guéga, mais celui-ci répéta sans cesse la même blague : qu'il la leur aurait donnée, si seulement ils avaient attendu un peu...

Par cette blague qu'il s'entêtait à répéter, il essayait de dire qu'il n'était pas un héros – et un an plus tard, à la prison d'Ortachala, à Tbilissi, dans la cellule des condamnés à perpétuité, il se rappela souvent son séjour à l'hôpital, lorsqu'on avait essayé de faire de lui un héros et qu'il avait refusé, préférant être une personne comme les autres.

Il fut bientôt autorisé à rentrer chez lui, alors qu'il peinait encore à marcher ; les médecins pensaient qu'il lui faudrait un peu plus longtemps pour se remettre sur pied. Après l'opération, les frères Iveriéli – des amis de Guéga qui faisaient leurs études à l'académie de médecine – réussirent à dénicher une chaise roulante et la lui apportèrent. Chaque soir, lorsqu'il se retrouvait enfin seul et épuisé par toute l'attention élogieuse qu'on lui portait, Guéga avait pour habitude de rouler sa chaise jusqu'au téléphone accroché au mur rose situé au fond du couloir pour appeler Tina.

Il la rencontra le deuxième jour après sa sortie de l'hôpital. Il se rendit à l'académie dans sa chaise sans laquelle il ne pouvait plus se déplacer, mais Tina ne lui pardonna pas son mensonge. Elle refusa de lui parler pendant une semaine entière, semaine durant laquelle Guéga l'appela chaque jour pour tout lui expliquer. Tina l'écoutait toujours, mais ne répondait pas.

Guéga tentait de lui expliquer quelque chose qu'il ne pouvait pas s'expliquer lui-même. Comment justifier sa mauvaise blague ? Et puis quelle ironie du sort que Guéga se retrouve vraiment en chaise roulante lors de son premier rendez-vous avec Tina ! Mais il rendit bientôt la chaise aux frères Iveriéli, qui la rapportèrent à l'hôpital auquel ils l'avaient empruntée.

Quant à la veste Wrangler (soigneusement lavée et recousue par la mère de Guéga), Dato refusa bien entendu de la reprendre et promit même à Guéga un nouveau jean.

Or Guéga ne voulait rien, Tina exceptée. Il ne pensait à rien d'autre qu'elle. Rien. Seulement à Tina, la plus belle fille du monde…

Le père de Soso

Le père de Soso était un enseignant réputé, l'un des meilleurs scientifiques de sa génération. Dans les années 1960 et 1970 les enseignants et les historiens n'étaient plus fusillés ; cependant, en échange de leur vie sauve, ils étaient obligés de collaborer avec le gouvernement soviétique. La plupart le firent, car sinon ils n'auraient jamais pu se rendre à l'étranger pour participer ne serait-ce qu'à une seule conférence. De prime abord, leur collaboration avec le gouvernement ne présentait aucune particularité et on ne leur demandait parfois rien en contrepartie de leurs voyages à l'étranger. Il ne s'agit pourtant que d'une première impression. En réalité, on leur avait arraché ce qu'il y avait de plus précieux : la liberté et le droit d'expression. Il leur était interdit d'exposer publiquement leurs opinions politiques et ils devaient toujours soutenir le gouvernement. C'est ce qui s'était produit : presque tous les chercheurs en URSS contribuaient à entretenir un énorme mensonge, main dans la main avec le pouvoir soviétique.

Il y avait naturellement quelques exceptions à la règle : ceux qui refusaient tous les privilèges, appartements et autres voitures de fonction que distribuaient les apparatchiks. Mais ils étaient très peu nombreux et se retrouvaient simplement assis dans la petite cuisine de leur logement exigu de « Khrouchtchevka » à travailler, boire et critiquer le régime. Il est vrai que quelques individus (dont des historiens) se retrouvèrent même assis non dans une cuisine, mais dans une cellule – c'étaient déjà des dissidents...

Le père de Soso était l'un des historiens les plus connus et les plus brillants de Géorgie soviétique et un homme pour qui le Premier secrétaire du Comité central du Parti communiste de l'époque (Édouard Chevardnadzé[1]) avait beaucoup de respect. C'est précisément ce que Soso haïssait le plus : cette proximité, ces bonnes relations que son père entretenait avec le gouvernement soviétique, car pour la jeunesse antisoviétique et libérale de Tbilissi à cette époque, Chevardnadzé était quelqu'un de parfaitement inacceptable, un communiste professionnel. Être promu au sein de la hiérarchie soviétique ne demandait ni intelligence ni éducation, mais précisément ce que possédait Chevardnadzé. Il venait d'un magnifique village de la région de Gourie et avait lentement gravi

1. Édouard Chevardnadzé était un homme d'État soviétique et géorgien. Au moment du détournement de l'avion, il était Premier secrétaire du Comité central du Parti communiste de l'Union soviétique. Par la suite, il fut ministre des Affaires étrangères de l'Union soviétique de 1985 à 1990, puis président de la Géorgie de 1992 à 2003.

les échelons, délaissant ses origines modestes pour embrasser une carrière soviétique et se hisser à ses sommets. Grâce à son zèle provincial qui lui permit de vaincre ses concurrents les plus urbains, il devint même au début des années 1970 l'homme le plus puissant du gouvernement et réussit rapidement à séduire l'*intelligentsia* soviétique géorgienne. Toutefois, cette séduction était plutôt due à l'*intelligentsia* elle-même qu'aux efforts du Premier secrétaire, car la capacité de réflexion (ainsi que les convictions morales) de cette première avaient déjà commencé à se dégrader depuis plusieurs décennies. Lorsque Chevardnadzé, à peine nommé, donna l'ordre d'arrêter les entrepreneurs privés (donc illégaux), les membres de l'*intelligentsia* géorgienne s'en réjouirent, car ils pensaient que l'arrestation d'Otar Lazichvili, par exemple, prouvait la réelle détermination du pouvoir à lutter contre la corruption. Ce qu'ils ignoraient, c'est que les entrepreneurs privés qui luttent pour réussir sont en fait le socle sur lequel repose l'économie de tout pays civilisé.

Les entrepreneurs clandestins de l'ère soviétique étaient des gens très courageux et ceux, précisément, qui auraient pu servir de colonne vertébrale à un État normal, c'est-à-dire la classe moyenne d'une société. Il est toujours plus simple de berner les vieux que les jeunes, et ces derniers, contrairement à leurs parents, sentaient que Chevardnadzé était un homme fort dangereux : parmi les gens qu'on avait arrêtés figurait même l'un de ses propres amis, lequel fut bientôt fusillé.

En Géorgie, les amis ont toujours compté bien davantage que les simples connaissances (et pas seulement à cause de Chota Roustavéli). Les jeunes Géorgiens de l'époque devinèrent vite que le nouveau Premier secrétaire du Comité central du PC géorgien avait pour sa carrière (et ce depuis son enfance sans doute) un objectif qui dépassait largement ses fonctions : Moscou. Une ville dans laquelle les Géorgiens qui se montrent tout particulièrement impitoyables envers leurs compatriotes sont très appréciés. Voilà pourquoi les jeunes détestaient Chevardnadzé, et Soso plus encore en raison des nombreuses querelles qu'il avait avec son père à ce sujet. Soso ne parvenait tout simplement pas à croire qu'un historien aussi gentil que lui ressente le besoin de collaborer avec un gouvernement si diabolique (d'autant que Soso, contrairement à d'autres, était certain que le problème ne résidait pas tant dans la personne qui gouvernait que dans le système soviétique lui-même).

Soso étudiait à l'académie des beaux-arts et aspirait à devenir financièrement indépendant après ses études afin de quitter la maison de ses parents, d'autant que sa famille n'avait rien de normal. Il n'adressait presque plus la parole à son père et à peine plus à sa mère qui s'efforçait pourtant de maintenir une atmosphère familiale apaisée, quoique cela soit tout bonnement impossible. Le fils avait même commencé à éprouver de la pitié pour le père.

Il n'échangeait plus avec lui. Ainsi, lorsque son père lui demanda un jour ce qu'il aimerait qu'il lui rapporte d'une conférence scientifique aux États-Unis, Soso esquissa un sourire.

« Rien... », répondit-il à voix basse. Mais lorsque son père, qu'il avait adoré toute son enfance, prit un air encore plus dépité, Soso ajouta quelques mots :

« ... Merci quand même. »

Le père n'adressa plus un mot à son unique fils, mais il savait déjà exactement ce qu'il lui rapporterait. Il voyait bien parmi ses étudiants que le rêve de tout jeune Géorgien était un jean américain. Pour le bien de son fils et pour la première fois de sa vie, il décida d'être courageux et de lui acheter (malgré sa peur) un jean dès que les membres du KGB qui l'accompagneraient aux États-Unis auraient le dos tourné.

Ce qui le terrifiait par-dessus tout était l'incertitude. À quoi pouvait-il s'attendre s'il rapportait un jean en Géorgie soviétique ? Une telle « désobéissance lyrique » n'aurait peut-être aucune conséquence, mais peut-être aussi le membre de l'Académie soviétique des sciences serait-il puni de manière exemplaire. On lui donnerait peut-être un blâme officiel (qui figurerait naturellement dans son dossier personnel), ou il serait peut-être démis de ses fonctions de directeur à l'Institut, ou peut-être même exclu du Parti. Dans ce cas, il passerait à la télé, et des lettres anonymes seraient publiées le décrivant comme un chercheur soviétique qui avait cédé à la tentation de l'Occident et mordu à l'hameçon du capitalisme en achetant un jean pour sa progéniture. La lettre se terminerait par une conclusion que le présentateur télé lirait d'un ton moqueur :

« Voilà comment un chercheur géorgien exprime sa gratitude envers le gouvernement soviétique pour toute l'attention que ce dernier lui porte, et voilà comment un membre de l'Académie des sciences a trahi les intérêts de l'État pour un misérable pantalon capitaliste. »

Alors que le chercheur géorgien (s'étant discrètement éloigné des autres membres de la délégation) était en train d'acheter le jean aux États-Unis, il entendit la voix du présentateur télé résonner dans ses oreilles, mais il était néanmoins heureux d'avoir pu, pour la première fois de sa vie, faire un choix politique et libre de toute contrainte. Cependant, le pantalon qu'il acquit n'était pas aussi bon marché qu'il l'avait espéré. Il était même extrêmement coûteux au regard de la somme qu'il était alors possible d'échanger aux ressortissants de l'URSS se rendant hors du territoire.

Le problème immédiat n'était pas l'achat du vêtement, mais plutôt les gardes-frontière. À l'aéroport, aux États-Unis, puis pendant le vol et lors des contrôles à l'arrivée, il entendait les voix de présentateurs télé. Il s'en fallut de peu qu'il ne déclare le pantalon et n'avoue tout au gouvernement soviétique. Pourtant il fit appel à son courage et, pour la première fois de sa vie, essuya ses mains moites sur sa veste. Lorsque le garde-frontière russe lui demanda s'il rapportait quelque chose d'interdit en Union soviétique, le chercheur géorgien faillit pleurer ; cependant, ce qui s'échoua sur les pages ouvertes de son passeport ne fut pas une larme, mais une goutte de sueur. Le père de Soso s'efforça de paraître détendu.

« Il fait chaud », dit-il en sortant un mouchoir de sa poche pour s'essuyer le front.

Le garde-frontière qui n'avait pas vu la goutte de sueur tomber sur le passeport répéta simplement sa question.

« Rien », répondit l'historien d'une voix d'abord hésitante, puis plus convaincante. Bien sûr que non, rien d'interdit. »

Le garde-frontière scruta le visage du chercheur avec un regard si perçant qu'il lui rappela ses étudiants lors des épreuves de fin d'année.

« Et si nous y jetions un coup d'œil ? » lâcha-t-il en tournant son regard vers la valise. Le père de Soso, muet de panique, acquiesça de la tête. Son obsession se portait à présent sur les cachets qu'il prenait pour son cœur, mais comment en sortir un de la boîte située dans sa poche et le placer sous sa langue sans que le garde-frontière s'en aperçoive ? Pas si simple. En outre, la douleur qui s'était mise à rayonner de son cœur et à se propager dans tout son corps semblait ne pas vouloir capituler.

Lorsqu'il ouvrit les yeux, c'était fini. Une infirmière vêtue de blanc prenait son pouls et lui secoua la main gentiment.

« Votre voyage a été très long et vous étiez sûrement épuisé. En plus, ne le prenez pas mal, mais vous n'êtes plus si jeune et devriez éviter de faire de si longs vols. »

Le père de Soso n'ouvrit pas ses bagages, ni à l'aéroport ni sur le chemin du retour. Il ne les ouvrit qu'en rentrant chez lui, où il découvrit intact le jean acheté en Amérique.

Il ignorait si ses bagages avaient été fouillés ou non à l'aéroport. Ce qu'il craignait par-dessus tout, c'était qu'ils aient découvert le pantalon sans en être surpris, car même s'il connaissait tout de l'ancienne Babylone et qu'il vécût dans un monde mésopotamien rempli d'épopées de Gilgamesh et de Sumériens, il ignorait ce qui se déroulait en Union soviétique.

Il ne raconta rien de son retour à sa femme ou à son enfant. C'est en silence et avec fierté que le père de Soso tendit le jean à son fils. Soso sourit et se borna à simplement le remercier, même s'il se doutait de l'inquiétude que son père avait dû ressentir en franchissant la frontière.

Soso n'était plus un petit garçon, mais comme sa mère était, par excellence, *la* mère géorgienne, elle le pria d'essayer le pantalon pour voir s'il lui allait. Soso s'en amusa, l'embrassa et s'enferma dans sa chambre.

Il passa la journée à dessiner et à écouter Led Zeppelin. De temps en temps, il posa un regard sur le jean – qui pendait au dossier de sa chaise – et sur le poster de Mick Jagger accroché au mur. Lorsqu'il sentit la fatigue, il fuma une cigarette. Le jour était déjà sur le point de se lever quand il s'endormit finalement sans avoir essayé son nouveau vêtement.

Il fit l'impasse sur le petit déjeuner, prit le jean sous le bras et s'en alla voir Irakli Kostava.

Lui et Soso étaient amis. Son père était un célèbre dissident. Déjà quatre ans que l'indomptable Mérab Kostava purgeait sa peine dans un camp éloigné de Sibérie pour « agissements antisoviétiques ». Soso savait très bien que, même avec la meilleure volonté du monde, le père d'Irakli ne pourrait jamais lui rapporter un jean américain, pas plus qu'il ne pourrait remettre les pieds en Géorgie avant longtemps. Voilà pourquoi Soso n'hésita pas un instant. À son réveil, il se débarbouilla rapidement le visage et s'en alla voir Irakli.

Celui-ci écrivait des poèmes. Il n'avait pas fermé l'œil de la nuit et à son réveil dut se frotter les yeux pendant un bon moment avant de réussir à comprendre que, dorénavant, ce jean lui appartenait. Lorsqu'il réalisa ce qu'on venait de lui donner, il serra Soso dans ses bras et lui déclara d'une voix douce, mais convaincante :

« Merci, mais je ne peux pas accepter ton cadeau. »

Soso, connaissant parfaitement la fierté d'Irakli, savait pertinemment que les choses se dérouleraient ainsi et avait des réponses toutes prêtes.

« Si tu ne le prends pas, je le déchirerai.

— C'est un vrai jean ou pas ?

— Un vrai. Un américain, dit Soso d'une voix un peu offensée.

— Alors tu ne réussiras pas à le déchirer. Les vrais sont indestructibles.

— Dans ce cas, je le brûlerai !

— Impossible. Un authentique jean résiste aux flammes comme à l'eau ! » s'exclama Irakli en riant, et Soso l'imita.

Ce jean qui lui avait été offert et qui attirait comme un aimant le regard des plus âgés comme des plus jeunes dans les rues de Tbilissi, Irakli le porta pendant presque un an. Le jour qui précéda son suicide, il le rendit, soigneusement lavé, à son propriétaire. En voyant son air surpris, il le quitta sur ces mots :

« Je suis vraiment fatigué et j'en ai marre », s'excusa-t-il auprès de son ami.

Soso crut qu'il parlait du jean, or lorsqu'il apprit le lendemain qu'Irakli s'était donné la mort, il comprit tout. Soso crut d'abord qu'Irakli avait gagné, mais plus tard il s'en voulut de n'avoir rien remarqué la veille et pleura comme un enfant.

Après l'enterrement d'Irakli Kostava, Soso peignit un soleil sur la jambe droite du jean que son ami avait porté et se mit à le porter lui-même. Il le porta jusqu'à sa mort.

Il fut enterré avec, à l'abri des regards. C'est grâce à ce jean que Natia Mégrélichvili put identifier son corps quinze ans plus tard…

Guéga

Le père de Guéga était lui aussi un Géorgien que la réussite avait rendu célèbre. Dès son plus jeune âge, il avait réalisé plusieurs films remarquables et avait, par la suite, été l'un des premiers Géorgiens (au moins pour ce qui remonte aux années 1960) à remporter des prix dans les prestigieux festivals de cinéma internationaux. Sa plus grande passion se portait sur le processus créatif, davantage que sur les prix. C'est pour cette raison que le père de Guéga avait (contrairement à de nombreux autres réalisateurs géorgiens de la génération précédente) refusé de devenir membre de l'*intelligentsia* soviétique et de soutenir le régime. Il avait voué son existence au cinéma, mais cela ne correspondait pas aux intérêts du gouvernement. Les communistes jugeaient intolérable l'existence d'un indomptable réalisateur en Géorgie soviétique et résolurent très simplement ce problème : ils interdirent au père de Guéga de réaliser des films. Le Comité central n'adopta jamais un décret officiel à ce sujet, mais l'on expliqua de manière informelle au réalisateur qu'il n'avait plus le droit d'exercer son métier. Les membres du Comité lui expliquèrent qu'il n'aurait plus l'occasion de tourner. Les autorités soviétiques de Géorgie étaient bien au fait de la personnalité anticonformiste de l'*intelligentsia* géorgienne et comptaient sur ses faiblesses. Mais le père de Guéga était un homme déterminé – il avait appris le métier de menuisier et se consacra à la pose de parquet comme un simple ouvrier.

Une grande partie de la société géorgienne (déjà dégénérée et dégradée) de l'époque voyait les travaux manuels comme une activité honteuse et fut choquée par l'attitude du cinéaste. Elle se mit à détester cet homme qui refusait de participer, comme les autres, au grand mensonge et de flatter à la fois le gouvernement et le Parti afin de s'assurer leur bienveillance. Le père de Guéga, quant à lui, ne voyait rien d'indigne à travailler avec ses mains, à exercer le métier de menuisier et à poser du parquet, il était persuadé que c'était bien au contraire l'*intelligentsia* soviétique qui était honteuse et choquante. En ce temps-là, non seulement le Tout-Tbilissi, mais la Géorgie entière discutaient sans cesse de cette forme « étrange » (à leurs yeux) de contestation (plus précisément, ils se disputaient, y compris ceux qui n'avaient jamais vu ses films). Le vrai problème, pourtant, était que personne ne savait si le père de Guéga posait véritablement du parquet ou non. Il s'agissait peut-être seulement d'une légende ou d'une gentille historiette inventée par ceux-là mêmes qui souhaitaient, au sein des membres dits de l'*intelligentsia*, l'émergence de voix critiques à l'encontre du gouvernement soviétique géorgien.

Le père de Guéga se révéla farouchement déterminé et ne lâcha rien. Personne ne savait s'il avait vraiment retiré ses enfants, dont Guéga, de l'école soviétique pour protester, ou s'il y avait une autre raison. Quoi qu'il en soit, à Tbilissi à ce moment-là, les gens passaient beaucoup plus de temps à discuter de ces questions que de la guerre entre la Russie et l'Afghanistan.

Ce que chacun savait (ou au moins voyait) et que personne ne pouvait nier était le fait que Guéga avait du talent. Grâce à ce talent et aux rôles qu'il avait endossés, le grand réalisateur Tenguiz Abouladzé lui-même avait invité Guéga à jouer le rôle principal dans son nouveau film. Mais sa vie fut soudain bouleversée par quelqu'un qui allait devenir bien plus important que tout le cinéma : Tina, la belle artiste de dix-neuf ans pour laquelle Guéga avait eu un coup de foudre. Leur première rencontre fut curieuse, car marquée par une dispute, mais lorsque Tina se réconcilia avec Guéga, elle eut elle aussi l'impression qu'ils étaient faits pour être ensemble. Quand vint le jour de leur première entrevue en amoureux, Tina désirait qu'ils soient seuls au monde, qu'il n'existe personne d'autre qu'eux, et elle fixa leur rendez-vous à l'aube sur l'avenue Roustavéli. Laquelle était déserte. Guéga était un peu surpris et agacé par l'entêtement de Tina. Il était endormi (ne s'étant jamais levé si tôt de sa vie), tandis qu'elle, au contraire, était radieuse. Elle s'assit à ses côtés sur un banc et observa la progression d'un éboueur qui remontait l'avenue. Il balayait doucement, sans faire un bruit, et si le bruissement des feuilles de l'automne interrompait parfois le silence matinal, il ne réussit pas à rompre la sensation de calme qui envahit Guéga lorsqu'il regarda Tina. La tête baissée, comme si elle redoutait de réveiller la cité, celle-ci lui murmura :

« Il n'y a que nous deux dans cette ville : toi et moi et personne d'autre.

— Non, nous sommes trois », répondit Guéga avec un sourire, tournant son regard vers le balayeur, mais Tina ne prêta aucune attention à sa blague et reprit :

« Il n'y a que nous deux dans cette ville et dans le monde entier. »

Guéga se rappela le film français *Deux Hommes dans la ville* qui était projeté dans tous les cinémas de Tbilissi, mais il se garda bien de faire des blagues. Il avait compris que s'il en faisait encore une il risquait de perdre cette fille très facilement et pour toujours. Il réfléchit un moment, puis demanda à Tina d'une voix assurée :

« Juste nous deux ?

— Oui, rien que nous deux : toi et moi. Le veux-tu ?

— Oui.

— Le peux-tu ?

— Oui.

— Peut-on se retrouver encore plus tôt demain matin ?

— Encore plus tôt ? Mais il fera toujours noir.

— Donnons-nous rendez-vous avant l'aube et montons jusqu'au sommet de Mtatsminda.

— Quoi, à pied ?

— Oui… et de là nous verrons le soleil se lever. D'accord ?

— Oui », s'aventura Guéga, qui savait pertinemment qu'il ne voulait pas vraiment grimper jusqu'au sommet de Mtatsminda pour assister au lever du soleil.

La première voiture du jour s'avança sur l'avenue et son chauffeur, surpris, fixa un instant son regard sur le couple assis sur un banc de si bon matin.

« Allons-y », dit Tina en se levant.

L'après-midi était déjà bien avancé lorsque Dato passa chez Guéga et le réveilla. Natéla, la mère de Guéga, était ravie de voir Dato, puisque son fils avait dormi toute la journée et devait se rendre au théâtre ce soir-là. (À cette époque-là, déjà, les mères géorgiennes n'osaient jamais réveiller leurs enfants.)

« Il est parti à l'aube avant de revenir. Il a bu un thé et il dort depuis », répondit Natéla à Dato. La mère de Guéga était visiblement parfaitement au courant que son fils était amoureux, et ouvrit bruyamment la porte de sa chambre pour Dato.

Dato frappa dans ses mains de manière démonstrative et lorsque Natéla eut quitté la chambre, il s'adressa à son ami avec un sourire :

« Alors, mon garçon ? On est amoureux ?

— Qui te l'a dit ? demanda Guéga en se frottant les yeux avant de s'étirer.

— *Voice of America* a déjà fait une émission dessus, dit joyeusement Dato, montrant du doigt le drapeau américain accroché au mur.

— Je dois aussi me lever tôt demain.

— Oui, ta mère m'a raconté que tu t'es levé avant l'aube aujourd'hui…

— Eh bien demain ce sera encore plus tôt. Je dois grimper jusqu'au sommet de Mtatsminda avant le lever du soleil.

— Pour voir la tombe de la mère de Staline ?

— Mais non, pour voir le soleil se lever.

— Je ne sais même pas de quel côté de la ville se lève le soleil.

— As-tu même déjà observé le ciel à Tbilissi ?

— Peut-être…

— Tu te rappelles la dernière fois que tu as levé la tête pour le regarder ?

— Non…

— C'est le désavantage des villes, on n'y voit pas le ciel… »

Dato, surpris, s'approcha de la fenêtre, observa le ciel et demanda à Guéga :

« C'est elle qui t'a dit ça ?

— Non, je l'ai deviné moi-même, répondit Guéga en souriant avant de rejoindre Dato à la fenêtre.

— On ne voit pas le ciel d'ici.

— C'est parce que l'immeuble d'en face est plus grand que le nôtre.

— Et les habitants de New York, comment ils font ?

— Je ne serais pas en train de regarder le ciel si je vivais à New York !

— Eh bien avant de t'y rendre, tu devrais peut-être venir avec nous au monastère. Soso nous y rejoindra samedi. Tu verrais le ciel là-bas. C'est un endroit vraiment génial.

— Je t'ai déjà dit où je vais demain. Je vous rejoindrai dimanche prochain… »

Ils ne dirent plus rien pendant quelques instants, puis Dato rompit le silence et parla d'autre chose.

« La police se trouve dans quelle direction ?

— Par là, vers la cour. Si elle se trouvait de ce côté-là, je crois que je ne pourrais jamais fermer l'œil de la nuit.

— Pourquoi ?

— Ils passent des gens à tabac toutes les nuits, et on entend tellement de cris et de hurlements que les voisins qui avaient leur chambre sur ce côté-là ont vendu leurs appartements et ont déménagé.

— Comment ça, ils passent des gens à tabac ?

— Ils les torturent.

— Hein ? Mais qui ?

— Ben les criminels, bien sûr. Personne n'arrête des gens innocents dans ce pays… »

Dato prit un air si sérieux et inquiet que Guéga ne finit pas sa phrase et lui fit un clin d'œil.

« T'inquiète pas, je blague.

— Oui, je sais.

— Mais je te conseille quand même de ne pas te retrouver chez les flics, conclut Guéga avant d'appeler sa mère : Maman, on y va ! »

Natéla sortit d'une pièce, dit au revoir à Dato et réajusta le col de la veste de Guéga. Celui-ci, comme chaque fois avant de quitter la maison, embrassa sa mère. Natéla ferma la porte derrière eux et, comme chaque fois aussi, elle s'approcha de la fenêtre pour regarder Guéga quitter l'immeuble. Guéga savait que sa mère se postait systématiquement à cet endroit pour le voir partir, et il levait toujours joyeusement sa jambe gauche sans se retourner afin de la saluer.

Il faisait encore nuit lorsque Guéga leva les yeux vers la fenêtre de Tina au troisième étage. Il vit passer sa silhouette avant qu'elle n'éteigne la lumière. Guéga alluma une cigarette. Un bruit de pas dans l'immeuble se fit entendre. Tina sortit dans la rue, le sourire aux lèvres, et remercia Guéga.

« Merci ? Mais de quoi ? demanda Guéga surpris.

— De t'être levé si tôt. Je sais que ce n'est pas facile, répondit Tina, sans cesser de sourire, et ils se mirent en route.

— Ça dépend des circonstances. Enfin, je veux dire de la personne pour qui on le fait », répliqua Guéga, qui savait parfaitement qu'il avait vraiment du mal à se lever si tôt.

Tina ne renchérit pas et lui sourit, comme si elle cherchait à protéger le silence de la nuit. Mais le bruit de leurs pas le rompit inévitablement lorsqu'ils se mirent à gravir les anciennes rues pavées du vieux Tbilissi qui menaient vers le point le plus haut de la ville. Le chemin était une longue côte et l'effort se fit sentir, mais lorsqu'ils l'eurent gravie, Guéga n'éprouva aucune fatigue. Il se mit même à apprécier la fraîcheur de l'aube pendant qu'ils regardaient la ville encore endormie qui s'étendait en contrebas.

Le soleil dérivait dans le ciel au-dessus de Tbilissi, et Guéga eut soudain envie de remercier Tina de l'avoir amené ici. Elle semblait si heureuse et l'aube était si calme qu'il devina qu'à ce moment précis le silence valait mieux que toutes les paroles du monde. Ce n'est que sur le chemin du retour qu'il osa enfin parler.

« Voudrais-tu qu'on y retourne pour voir le soleil se coucher ?

— On ne le voit pas de là-haut, lui répondit Tina.

— Alors que ferons-nous ?

— Nous devons aller à la mer.

— À la mer ? Quoi, maintenant ?

— C'est le meilleur moment pour s'y rendre. La mer d'automne.

— Il y aura quelqu'un là-bas ?

— Seulement toi et moi et la mer. Qu'en dis-tu ?

— Oui », acquiesça Guéga en effleurant timidement de sa main droite les doigts de Tina.

Le jour s'était levé et les rues se remplissaient lentement. Des écolières suivirent le magnifique couple des yeux, mais elles ignoraient pourquoi Guéga et Tina étaient les êtres les plus beaux du monde : ce matin-là, leurs doigts s'étaient touchés pour la première fois.

Le moine

« Je voulais vraiment vous emmener jusqu'au bout, mais je ne peux pas aller plus loin, car je risque d'abîmer la voiture, déclara le chauffeur en coupant le moteur. » Les garçons retirèrent leurs sacs à dos du coffre.

« C'est loin d'ici ? demanda Soso en regardant la montagne.

— À une heure, voire moins si nous marchons vite, répondit Dato.

— Dans ce cas, laissons notre chauffeur partir. La neige est fraîche et il aura du mal avec la voiture, intervint Paata.

— J'aurais pu vous y emmener si j'avais eu des chaînes, mais là c'est vraiment impossible. Une chose est sûre, c'est une voiture soviétique... »

Le chauffeur avait l'air très satisfait. Il n'avait eu aucun mal à convaincre les jeunes, et c'est avec un air heureux qu'il prit l'argent que Dato lui donna avant de s'élancer à pas rapides sur le chemin enneigé. Les autres lui emboîtèrent le pas, mais marchèrent plus lentement, s'arrêtant même de temps en temps pour admirer la magnifique vallée blanchie par un manteau de neige.

« Tu peux désormais dessiner autant que tu le voudras, dit Kakhaber à Soso en souriant, avant d'exprimer de nouveau sa surprise devant cet afflux de neige si précoce pour la saison.

— C'est vrai qu'il a neigé vraiment tôt cette année », dit Soso avant de se taire. Tous deux poursuivirent en silence, car ils savaient que parler n'aide vraiment pas lorsqu'on gravit une côte enneigée.

Ils virent bientôt apparaître le monastère au loin. Le panorama était si beau qu'ils s'arrêtèrent un instant pour l'admirer. Soso répéta plus pour lui-même que pour les autres sa phrase préférée :

« C'est toujours lui, le meilleur peintre…

— Qui ? » demanda Paata, mais Soso ne répondit pas et montra du doigt le monastère à l'entrée duquel se tenaient un moine en chasuble et une petite fille. Ceux-ci, ayant observé les amis qui approchaient, allèrent à leur rencontre. L'homme serra Dato et les frères Iveriéli dans ses bras à la manière des moines et salua Soso d'une bonne poignée de main.

« Voici Soso, notre ami. C'est l'artiste dont je t'ai parlé, celui qui voulait venir ici », expliqua Dato au moine. Ils posèrent leurs sacs à dos sur le sol.

« Que le Seigneur vous guide le long des chemins de la vertu », énonça le moine, s'adressant davantage à Soso qu'aux autres, avant de glisser le sac à dos sur son épaule. Soso protesta qu'ils étaient presque arrivés et refusa que le moine prenne son sac. Il le rendossa et le porta jusqu'au monastère, qui avec son potager recouvert de neige avait tout d'une image divine. Le bâtiment n'avait que quelques chambres exiguës et un réfectoire à peine plus grand où les garçons déposèrent la nourriture qu'ils avaient apportée. Puis ils se mirent à préparer un repas.

Le moine récita le Notre Père avant de manger et se signa. Les garçons firent de même, mais la plus assidue était la petite Éka, qui répéta la prière avec son père et tourna ensuite son regard vers lui, visiblement très heureuse de ses louanges. Même durant le repas elle se comporta comme une parfaite maîtresse de maison, et s'occupa si bien des invités que les garçons ne purent s'empêcher de sourire de temps en temps. Le moine était également très heureux et loua sa fille plusieurs fois pendant le repas. La petite maîtresse de maison embrassa son papa chéri, qui était manifestement quelqu'un de très important pour ses invités.

Dato rompit le silence et formula ce à quoi tout le monde pensait :

« Il a vraiment neigé très tôt cette année. C'est encore un bel automne ensoleillé à Tbilissi.

— C'est ainsi qu'est fait notre pays, renchérit le père Théodore. Il est petit, mais incroyable. Ici, il y a de la neige, tandis qu'en bord de mer certains doivent déjà se baigner. Dieu a tout donné à ce petit pays, mais ses habitants sont devenus ingrats et certains l'ont même oublié.

— Comment ? l'interrompit Soso. Les gens d'ici n'ont pas oublié Dieu, et ce malgré le fait qu'on leur a interdit d'aller à l'église. Si ce pays a un si mauvais gouvernement, ce n'est pas la faute de ses habitants...

— Le gouvernement aussi est composé d'êtres humains, répliqua le moine, et il fait également partie des gens dont tu viens de faire l'éloge.

— Mais je ne fais l'éloge de personne. Je veux seulement défendre ceux qui n'ont pas le choix et par conséquent ne peuvent pas être tenus pour responsables des personnes néfastes qui appartiennent au gouvernement. On a enlevé aux gens leur droit de faire des choix, et c'est pour cette raison qu'on ne peut pas leur en vouloir de ce qui se passe dans notre pays », déclara Soso d'une voix décidément moins sereine en regardant les autres. Leurs visages étaient beaucoup plus calmes que le sien. Tous savaient que, même si Soso aimait débattre de tout, cela ne menait jamais à une dispute ou à des insultes, et qu'il essayait toujours d'étayer son point de vue avec des arguments.

« Crois-tu vraiment que, si ce pays avait un gouvernement élu par le peuple au lieu d'être nommé par le Kremlin comme il l'est actuellement, il serait moins athée et moins malveillant ? » demanda tranquillement le père Théodore à Soso en remplissant lui-même son verre de vin. Son calme était visiblement contagieux, car Soso s'apaisa immédiatement et répondit en souriant :

« Bon ou mauvais, il serait choisi par le peuple, et le peuple en serait responsable plutôt qu'un grand dirigeant vivant ou même mort. La situation serait peut-être même renversée, et le gouvernement ne s'attaquerait peut-être plus aux croyants, comme il le fait maintenant, mais aux athées.

— Je ne peux pas imaginer une telle Géorgie, intervint soudain Dato.

— Soit dit en passant, ce n'est pas difficile à imaginer ! Tous ces gens qui vont aux défilés communistes iraient en masse à l'église et se signeraient chaque fois qu'ils en croiseraient une...

— Et qu'est-ce qu'il y aurait de mal à ça ? demanda Paata, surpris, à Soso.

— Participer à un défilé juste pour frimer et mentir aux autres est aussi mal que d'aller à l'église pour les mêmes raisons.

— Mais je crois qu'aller à l'église serait quand même mieux », dit le frère de Paata en regardant le père Théodore.

Le moine leur expliqua, en s'adressant surtout à Soso, pourquoi aller à l'église valait mieux qu'une vie d'athée.

« Si quelqu'un se rend à l'église avec l'unique intention de se montrer, c'est toujours mieux que de ne pas y aller du tout, car cette personne aura plus de temps pour réfléchir à Dieu, à la vérité, à l'amour dont nous manquons tous.

— La pensée collective mène toujours à la haine, jamais à l'amour », dit Soso en coupant de nouveau le moine, mais le père Théodore ne se fâcha pas et continua calmement :

« Il est vrai que la pensée collective produit toujours des régimes, jamais de liberté, mais tu pourrais t'engager sur le chemin de la liberté en te rendant à l'église.

— Pour ensuite continuer seul, comme vous, c'est ça ? » l'interrompit Soso encore une fois. Le père Théodore prit quelques instants avant de répondre :

« Je préfère chercher la liberté ici, loin de la ville, dans un lieu calme qui me donne le temps de réfléchir à Dieu.

— Et combien de temps comptes-tu rester ici ? » Dato était le premier à poser la question que tous se posaient.

« J'aurai trente-trois ans l'année prochaine et je voudrais être ici, sauf s'ils m'en empêchent.

— Qui ça ?

— Ils sont venus il y a trois jours, mais ils ne m'ont encore rien interdit. Ils ont simplement regardé les livres, puis ils sont partis.

— Mais quand le feront-ils ? À quand l'interdiction ?

— Quand ils décideront que ma présence les menace.

— Mais pourquoi ?

— Parce que la peur a de grands yeux, et parce que ceux qui ne croient pas en Dieu sont des lâches. »

Le moine sourit et montra du doigt la petite Éka qui dormait à côté de son père, la tête posée sur la table.

« Elle est fatiguée, observa Paata en la prenant dans ses bras.

— Je vous ai tous retenus trop longtemps », dit le père Théodore en se levant. Les autres firent de même et le remercièrent.

« Pourriez-vous emmener Éka avec vous demain pour qu'elle retourne à l'école ? poursuivit le père

Théodore en s'adressant à Dato dans la cour du monastère. Je vous verrai à Tbilissi à la fin de la semaine.

— Nous espérons t'avoir apporté assez de provisions pour une semaine, dit Dato en levant les yeux au ciel rempli d'étoiles.

— Oui, je me débrouillerai. Et le plus important, c'est que vous ayez apporté du miel.

— Vous aimez le miel ? lui demanda Soso.

— Un cerf vient me rendre visite de temps en temps, et je lui en donne.

— Hein ? Mais comment ? » interrogea Dato, surpris. Le père Théodore s'expliqua :

« Avec ma main.

— Mais je croyais que les cerfs n'aimaient que les choses salées, s'étonna Soso.

— Oui, je le croyais aussi. Quoi qu'il en soit, celui-ci aime le miel. J'en verse un peu dans la paume de ma main et il lèche tout.

— Quelle nuit magnifique, dit Paata en sortant dans la cour et en levant les yeux vers le ciel.

— Kant aussi a dû voir un beau ciel étoilé quelque part, et c'est ce ciel-là qu'il s'est rappelé.

— J'aimerais vous poser une question, reprit soudain Soso.

— Bien sûr, dit le père Théodore, mais cesse de me vouvoyer.

— D'accord. S'ils t'interdisent de rester ici, où iras-tu ?

— Je me rendrai dans un autre monastère.

— Et s'ils te l'interdisent aussi ?

— Alors je partirai à l'étranger et j'essaierai de trouver le calme dont j'ai besoin là-bas », dit le père Théodore. Soso lui demanda alors :

« Et s'ils ne te laissent pas partir à l'étranger ?

— Eh bien je m'évaderai ! » rétorqua le moine en riant. Il se tourna ensuite vers les autres et déclara :

« Maintenant, avec votre permission, je vais me coucher. Je dois me lever tôt demain. Éka est toute seule et si elle se réveille, elle risque d'avoir peur.

— Éka n'aura jamais peur de quoi que ce soit ! » s'écria Dato en riant avant qu'ils ne souhaitent tous une bonne nuit au père Théodore.

Seuls dans la cour du monastère, les garçons restèrent un moment à fumer en silence. Puis Kakhaber interrogea Soso :

« Qu'est-ce que tu en penses ?

— De quoi ?

— Tu crois qu'il acceptera ?

— Je ne sais pas. Je ne crois pas, ne lui racontons rien pour l'instant, conseilla Soso avant de rapidement changer de sujet. Qu'est-ce qu'il a dit, Kant ? Qu'est-ce qui l'a surpris ?

— « Le ciel étoilé au-dessus de moi et la morale en moi », intervint l'un d'entre eux, et les garçons levèrent tous les yeux au ciel rempli d'étoiles bien visibles et brillantes, tandis que la lune était étonnamment pâle cette nuit-là.

Le lendemain matin, le père Théodore leur dit :

« Faites signe aux voitures de s'arrêter, sinon il y aura un bus pour Tbilissi demain à 15 heures. »

Il les salua un par un et embrassa tout particulièrement Éka. Pendant qu'ils étaient sur le chemin de la descente, il les bénit, à distance. La petite Éka fit de la main plusieurs signes d'au revoir à son papa chéri et lui envoya des bisous.

Ce soir-là, le calme du lieu emmitouflé de neige céda la place à un vacarme assourdissant. Soso s'était rendu chez un ami pour fêter un anniversaire. Les verres étaient si grands que les invités furent rapidement ivres. Le plus aviné était l'hôte qui ne cessait de demander que les cornes soient de nouveau remplies de vin et d'exiger le silence pendant ses interventions, mais personne n'écoutait à l'exception de Soso. Les filles dansaient et criaient. Soso aurait préféré boire plutôt que d'écouter le « *tamada*[1] » le remercier un million de fois de l'attention qu'il portait à la tradition et de sa loyauté. En plus d'être un peu ivre, Soso était épuisé et las d'écouter les envolées interminables de l'hôte, de sorte qu'il lui dit gentiment :

« Allez, c'est bon. Bois, et puis c'est tout... »

L'hôte se leva, montrant sa corne remplie de vin, mais se ravisa en soupirant.

« Je n'en peux plus, j'ai trop bu... »

Il s'assit, posa sa tête sur une assiette et s'endormit tranquillement.

Soso s'empara de la corne de vin que l'hôte assoupi serrait encore dans ses bras. Il regarda d'abord à l'intérieur, prit une grande inspiration et se mit à boire. Guéga s'approcha de lui en souriant, posa sa main

1. Chef de tablée qui anime la fête et distribue les tours de parole lors des banquets traditionnels du Caucase.

sur son épaule, s'empara de la corne sans un mot et versa le vin qui restait dans un verre.

« Qu'est-ce qu'il y a ? le questionna Soso en signifiant aussi son envie de fumer.

— Il faut qu'on parle. Allons griller une cigarette sur le balcon. »

Soso avait la flemme de sortir, mais il suivit Guéga et commença à fumer avec un plaisir non dissimulé. Le vacarme qui venait de la piste de danse était tel que Guéga dut fermer la porte afin qu'ils puissent s'entendre.

« Alors, tu l'as vu ? » demanda-t-il à Soso en allumant une cigarette.

— Qui ?

— Le père Théodore.

— Quoi, le moine ?

— Mais oui, évidemment !

— Oui, je l'ai vu.

— Et alors ?

— Et alors quoi ?

— Vous avez discuté ?

— Oui.

— Vous avez parlé de quoi ?

— De Kant.

— Hein ? Vous avez fait tout le chemin jusque là-bas pour discuter de Kant ?

— Je t'en causerai demain, d'accord ?

— Connaissant tes gueules de bois, je pense que tu seras mort, demain.

— C'est le 7 novembre, demain, le glorieux anniversaire de la grande révolution socialiste d'octobre, et tous les honnêtes gens comme moi feraient bien d'être morts.

— Mais pourquoi ?

— Ben, pour rater ce jour, tiens !

— C'est pour ça que t'as tellement bu aujourd'hui ?

— Je sais plus. Je n'avais pas prévu de boire, mais quand je suis venu ici j'ai vu des gens accrocher des drapeaux rouges.

— Où ça ?

— Partout.

— Allons, rentrons. Tina et moi te raccompagnerons.

— Attends, je veux boire encore.

— Tu n'as pas besoin de plus. Si tu bois encore, tu vas rater tout le mois de novembre ! »

Soso sourit et Guéga comprit qu'il venait de réussir à convaincre son ami de retourner chez lui.

Ils descendirent l'escalier tous les trois en fredonnant. Soso trébuchait tellement que Tina et Guéga durent se placer de chaque côté de lui pour l'aider à marcher. Soso leur demanda :

« Je suis si bourré que ça ? »

Il les serra dans ses bras et se sentit très heureux de savoir que son meilleur ami était amoureux. Ils arrêtèrent ensuite un taxi et Soso fredonna jusqu'à chez lui. Lorsqu'il descendit de voiture, il étreignit le chauffeur et lui demanda très sérieusement :

« Avez-vous un message que vous voudriez que je communique aux chauffeurs de taxi de New York ? »

Le chauffeur répondit :

« Dites-leur juste bonjour de ma part.

— Vous en faites pas, je monterai l'escalier tout seul ! dit Soso à Tina et à Guéga devant chez lui avant de les remercier de l'avoir raccompagné.

— On va passer une semaine à la mer, l'informa Guéga.

— Quoi ? Maintenant ? Essayez de ne pas geler ! répliqua Soso surpris.

— Qu'est-ce qui pourrait bien nous geler si on est deux ? dit Guéga en mettant son bras autour de Tina avant de l'embrasser.

— Faites attention. Vous êtes trop beaux pour ce gouvernement, observa Soso.

— Quoi ?

— J'ai dit que vous êtes trop beaux pour le gouvernement soviétique », répéta Soso en s'élançant vers l'escalier.

Tina et Guéga renoncèrent à prendre un autre taxi. Ils marchèrent dans des rues décorées de part et d'autre de drapeaux rouges flottant au vent. Il était déjà tard et le couple marchait en silence dans la rue déserte lorsque Guéga s'arrêta soudain, scruta l'un des étendards et sourit. Tina comprit immédiatement ce qu'il allait faire et sourit aussi. Guéga grimpa rapidement à un poteau pour saisir le drapeau. Il tira légèrement, puis plus fort, lorsque soudain deux policiers en side-car s'arrêtèrent au pied du poteau. Tina et Guéga étaient sidérés. Ils ne comprenaient pas comment cette patrouille avait pu apparaître comme par enchantement dans cette rue déserte.

« Descends de là immédiatement ! » ordonna le policier sur la moto avant de couper le moteur. Il avait une moustache. Son équipier quant à lui était si gros que Tina se demanda comment il avait bien pu réussir à s'installer dans le side-car. Elle comprit rapidement que le moment était malvenu pour de telles réflexions. Le moustachu renforça son ordre en indiquant du doigt à Guéga qu'il devait descendre immédiatement, pendant que le gros sortit un bocal de cornichons d'on ne sait où. Il en retira un et le croqua avec un bruit exagéré. Guéga descendit, sourit à Tina, muette, et regarda de près le moustachu. En retour, ce dernier scruta Guéga avec plus d'attention encore, et lui demanda :

« Qu'est-ce que tu fabriquais là-haut ?

— J'embrassais le drapeau, monsieur l'Agent, répondit Guéga, pensant pouvoir s'amuser avec eux.

— Tu te moques de nous ? » lui demanda le moustachu d'une voix stricte avant de se tourner vers son équipier. Son acolyte mangeait toujours ses cornichons et ne lâchait pas Guéga des yeux, comme s'il essayait de se rappeler quelque chose. Et soudain :

« Vous êtes acteur, non ? Je vous ai vu au cinéma, dans ce film, lorsque vous vouliez vous marier, mais que vos frères ne vous ont pas laissé faire, c'est bien vous, non ?

— Oui, lui répondit Guéga, c'est bien moi, je suis acteur.

— C'était pareil pour moi. Mon grand frère ne voulait pas me laisser me marier. Il disait que je devais attendre qu'il se marie d'abord. Heureusement que je ne l'ai pas écouté, sinon je serais encore célibataire ! »

Le gros croqua dans un autre cornichon avant de se tourner vers son acolyte et de lui dire :

« Laissons-le partir. C'est un bon garçon... »

Le moustachu démarra la moto. Il regarda d'abord Tina, puis le drapeau avant de dire à Guéga, en soulignant bien ses mots :

« Ne déconne pas avec ce drapeau, fiston. Ils n'aiment pas ça et ne te le pardonneront pas...

— Merci », lui dit Tina.

Mais le policier ne l'entendit pas. Le side-car était déjà loin. Seul le rugissement de son moteur soviétique résonnait dans les rues désertes.

Le premier

Les Géorgiens ont toujours aimé répéter que rien ne se produit au hasard. C'est pourquoi ils auraient porté une attention particulière au fait que Soso louait un appartement, petit mais cosy, de la rue Lvovi. Bien que ce soit un studio, il pouvait accueillir les amis qui rendaient régulièrement visite à Soso le soir. À cette époque ce quartier était considéré comme le plus antisoviétique et antirusse de toute l'URSS.

Ce studio devait être temporaire d'autant que Soso Tsérétéli n'y peignait que sporadiquement. C'est pour ça (entre autres raisons) que Dato participait au loyer. Il lui arrivait même de le payer intégralement, ce qui ne surprenait personne, les amis de Soso ayant les mêmes droits sur l'appartement que le propriétaire lui-même. En plus d'avoir de l'argent, Dato avait un cœur en or.

L'attitude antisoviétique de la rue Lvovi était fondée sur des motifs à la fois subjectifs et objectifs. Ce qui détonnait, c'était la méthode des Russes appliquée aux Ukrainiens. Les bolcheviks imposèrent à l'Ukraine quelque chose d'inédit : une famine qui causa d'effrayants actes de cannibalisme et des milliers de morts. Les nazis, eux, furent condamnés après la Seconde Guerre mondiale, mais ce ne fut malheureusement pas le cas du régime soviétique. S'il y avait eu des procès, les Ukrainiens auraient facilement pu trouver les preuves irréfutables des exactions soviétiques, comme une photo, par exemple, montrant une tête humaine sur un étal de marché avec d'autres membres coupés.

Le fait que des milliers d'individus périrent dans les petits pays Baltes a naturellement donné lieu à des mouvements antirusses radicaux. Les bolcheviks ont envoyé des troupes en Lettonie, Lituanie et Estonie en 1940, causant une tragédie humaine d'une ampleur inouïe. Contrairement à l'occupation des pays Baltes, l'Empire soviétique s'est installé en Géorgie beaucoup plus tôt, en 1921, une fois celle-ci vaincue après une guerre d'un mois.

À cette époque, la Géorgie était le seul pays parlementaire doté d'une majorité socialiste élue démocratiquement. Il n'y eut pas de surprise : moins nombreuses furent les personnes qui périrent dans la lutte contre l'occupation que dans la protestation contre l'annexion d'un jeune pays démocratique. Les insurrections contre les occupants russes durèrent longtemps. Les représailles étaient brutales et immédiates : les prisonniers étaient enfermés dans des trains, mitraillés, irriguant les rivières de leur sang. Plus tard, quand la résistance armée devint impossible, les Géorgiens tentèrent de défendre leurs droits avec des méthodes plus douces. Ces tentatives furent infructueuses à l'exception de celle de 1978 qui préserva la langue géorgienne.

Cette nuit-là, dans la rue Lvovi, avant que la bande d'amis ne discute de la prise d'otages, chacun se remémora les événements du 14 avril 1978, lorsque les rues de Tbilissi étaient remplies de manifestants qui s'élevaient contre les décisions du gouvernement : priver la langue géorgienne de son statut constitutionnel et imposer que le russe soit érigé sur le même plan qu'elle. Le rassemblement était tel que Moscou dut revenir sur sa décision.

Personne de la bande n'était en mesure de se rappeler qui avait mentionné le détournement et la fuite hors de l'URSS. Les amis étaient incapables de se souvenir des détails, même lorsqu'ils étaient dans les cellules du KGB et avaient le temps de retricoter l'histoire minute après minute.

Ils ne parvinrent pas à répondre à cette question : Qui a eu l'idée de ce détournement ? Personne ne leur demanda d'expliquer leur souhait de fuir l'Union soviétique. Apparemment, chaque officier de police ne connaissait que trop bien la réponse, d'autant que certains d'entre eux, du moins les plus audacieux, auraient fait de même, mais sans doute par un biais plus pacifique.

C'était l'année 1983, les gardes de 1920, ceux qui étaient aveuglés et croyaient sincèrement à la suprématie du prolétariat, avaient disparu depuis longtemps (retraités ou morts). D'un autre côté, il restait quelques idéalistes bolcheviques parmi les communistes. En fait, ils étaient si peu nombreux qu'ils étaient souvent ridiculisés par les autorités soviétiques.

Cette nuit-là, rue Lvovi, plusieurs hypothèses d'échappatoire pacifiques furent énumérées avant que le détournement ne soit mentionné. Aucun mot ne fut prononcé au sujet des raisons de la fuite, car tous étaient parfaitement conscients qu'il était impossible de vivre dans un pays où les droits humains étaient bafoués et quiconque ayant une opinion qui différait du discours officiel, condamné à de la prison. Les informations arrivaient au compte-gouttes, les médias étaient contrôlés par les autorités. La propriété privée était interdite et tout ce qui était produit par le peuple appartenait à l'État. Les habitants n'avaient aucune liberté d'action et le pouvoir était aux mains d'un parti politique depuis des décennies – un groupe d'autorités corrompues exerçant leurs privilèges. L'initiative créatrice était soumise à la censure du KGB qui contrôlait toute pensée indépendante ; tout travail scientifique ou universitaire, d'où qu'il émane géographiquement, et quelles que soient son importance ou son ampleur, devait être soumis à Moscou dans le but d'obtenir l'agrément des diplômes universitaires.

De toute évidence, ces raisons et tant d'autres étaient suffisantes pour vouloir s'échapper de l'URSS, mais personne parmi les membres de la bande ne les mentionna ce soir-là. L'explication tenait dans le simple fait qu'ils ne voulaient tout simplement pas vivre en Géorgie soviétique. Cela, ils le savaient. Ce qu'ils ignoraient, c'était leur degré de détestation pour le régime. Leur haine était-elle suffisante pour justifier un détournement ? C'est exactement ce qu'ils cherchèrent à déterminer. Aucun d'eux ne put se rappeler qui en fut l'initiateur, tandis qu'ils baignaient dans des volutes de fumée de cigarette. Chose étrange : le souvenir de cet instant était intact, ou presque. Ils se remémoraient tout sauf ça. Ils se souvenaient, par exemple, d'avoir écouté le vinyle *The Dark Side of the Moon* que Guéga avait apporté. Ils se rappelaient qui argumentait contre telle ou telle méthode pour fuir l'URSS. Finalement, ils s'entendirent sur le fait que toute méthode autre que le détournement était une perte de temps et d'efforts.

Leur rhétorique semblait imparable. Contrairement à d'autres pays du bloc soviétique, il était presque impossible pour les habitants de l'URSS d'obtenir des visas pour des pays capitalistes. Il y avait quelques exceptions. Avec l'aide de personnes influentes, il était parfois envisageable d'obtenir des visas au compte-gouttes. Il aurait été plus réaliste de viser un pays de l'Europe de l'Est, mais les amis se raisonnèrent. Quel intérêt y avait-il à quitter une prison pour en rejoindre une autre ?

En effet, l'URSS était surnommée « prison » en Géorgie. Tout le monde, y compris les enfants, le savait. Cependant, ce soir-là, dans la rue Lvovi, la bande se rappela l'année 1929. Jusqu'à cette date, la ligne de séparation entre l'URSS et la Turquie n'était que partiellement contrôlée. Des centaines de Géorgiens prirent avantage de la faille sécuritaire et traversèrent les montagnes de la région d'Adjarie. Les locaux connaissaient leur région et les chemins escarpés qui débouchaient dans le nord de la Turquie. Mais, en 1929, la route fut bloquée à jamais. Seuls une poignée de chanceux réussirent à fuir la Géorgie en 1930.

Après la Seconde Guerre mondiale, le rideau de fer qui séparait l'URSS du monde civilisé rendit impossible la moindre tentative. Ce n'est qu'en 1950 que quelques Soviétiques se lancèrent dans l'improbable mission de traverser la mer Noire. Il existe des preuves irréfutables d'une tentative réussie. Un Russe, né et élevé à Batoumi, réussit à atteindre le rivage turc en partie parce qu'il était nageur professionnel. Il fut immédiatement arrêté par la police turque et placé en détention pendant trois ans, car personne ne crut possible qu'un citoyen soviétique ait pu nager depuis Trabzon sans l'aide du KGB. Inutile d'ajouter qu'il fut accusé d'espionnage en dépit du fait qu'il clamait son innocence. Il proposa de nager de Trabzon à Istanbul, le long des côtes, pour démontrer ses capacités physiques. L'histoire devint célèbre des années plus tard, après l'effondrement de l'URSS.

Mais ce soir d'été 1983, quand Soso et les amis de Guéga s'étaient retrouvés, ils ne pouvaient qu'échanger sur les mythes et légendes urbaines de tentative de fuite. Ils s'avouèrent rapidement qu'ils n'avaient aucune chance en nageant. Essentiellement parce que c'était une idée totalement utopique.

Puis l'un d'eux mentionna la prise d'otages comme une méthode pacifiste d'échapper à l'URSS détestée. L'usage de la violence ne serait pas utile, puisque leurs armes ne serviraient qu'à effrayer les pilotes. Le plan avait l'air si simple que certains sourirent lorsque d'autres pensèrent à une blague. Cela explique sans doute les raisons pour lesquelles aucun ne se rappela qui en avait eu l'idée lors des neuf mois d'interrogatoires. Au cours de leur emprisonnement, ils se souvinrent des moindres détails du plan, même ceux qui semblaient difficiles à retenir. Mais tous, sans exception, oublièrent l'élément crucial pour l'enquête. Ils l'avaient peut-être effacé juste après l'avoir entendu. Ils oublièrent le prénom de l'ami qui avait suggéré le détournement comme la seule échappatoire. C'est ainsi que l'investigation recensa tous les détails à l'exception d'un : l'identité du commanditaire.

Gia

« Prends-le un peu », dit Manana d'une voix épuisée. Son mari, Gia, la débarrassa enfin de l'enfant qui pleurait depuis une heure déjà.

Manana ferma la porte de la chambre et s'assit dans la cuisine. Elle allait allumer une cigarette, mais se ravisa quand l'enfant se mit à hurler de plus belle. Elle retourna dans la chambre. Son mari s'appelait Giorgi, même si tout le monde l'appelait Gia. Il avait l'air si inquiet qu'à une autre époque Manana en aurait souri, mais ses bras exténués lui faisaient tellement mal qu'elle n'en avait plus la force.

« Donne-le-moi, lui dit-elle, et elle prit l'enfant.

— Je peux faire quelque chose ? » demanda Gia d'une voix hésitante. Et Manana lui répondit exactement ce à quoi il s'attendait :

« Non, rien. »

Sa voix ressemblait davantage à celle d'une femme fatiguée qu'à celle d'une épouse en colère. Gia se rendit dans la cuisine, ouvrit une fenêtre et alluma une cigarette. Il la fuma rapidement et nerveusement, puisque comme tous les jeunes pères les cris et les pleurs de l'enfant le rendaient fou, alors qu'en temps normal il était plutôt de bonne composition et capable de supporter beaucoup de choses.

Il fuma la cigarette jusqu'au filtre, puis ouvrit le frigo. Vide. Il en referma la porte en étouffant son envie de jurer. Il se calma rapidement, esquissa un léger sourire et s'approcha sur la pointe des pieds du seuil de la chambre. Le bébé avait enfin cessé de pleurer et Gia écarta avec précaution le rideau qui servait de porte : la mère et l'enfant s'étaient endormis.

Gia alluma une nouvelle cigarette à la fenêtre et en profita pleinement. Il la fuma lentement, la savoura, mais n'en jeta pas le mégot dehors comme il le faisait habituellement. Cette fois-ci, il l'éteignit sous le robinet de l'évier et le jeta à la poubelle. Puis il rouvrit le frigo, toujours aussi vide, et le referma.

« Ça te surprend qu'il soit vide ? » lui demanda sa femme. Gia se retourna abruptement vers elle.

« Je croyais que tu dormais, lui répondit-il en s'asseyant.

— Oui, mais je dois préparer le biberon.

— Il a peut-être encore mal aux oreilles.

— C'est possible.

— Tu l'as toujours, le médicament ?

— Non, et je ne peux plus l'emprunter au voisin.

— J'en achèterai demain.

— Avec quel argent ?

— J'en trouverai.

— Tu connais quelqu'un qui pourrait nous le prêter, ce médicament ?

— Non, je l'achèterai.

— Mais il est difficile de se procurer ces gouttes.

— Je suis sûr que Tchachka en aura.

— Oui, mais il les vendra à prix d'or.

— J'en achèterai quand même.

— Tu veux du thé ? Et au fait, ils t'ont dit quelque chose à propos du boulot ?

— Ils me diront demain.

— Tu crois qu'ils t'embaucheront ?

— Peut-être.

— Tout le monde a refusé de t'embaucher jusqu'à présent. Pourquoi crois-tu qu'ils le feront, eux ?

— Ils ne savent pas que j'ai un casier.

— En admettant qu'ils le sachent, tu as été officiellement relaxé et tu as même le papier de ta réhabilitation judiciaire pour le prouver.

— Personne ne le lit, ce papier.

— Et toi, bien sûr, tu ne dis à personne de le lire, ton dossier !

— Bien sûr que non.

— C'est ta fierté qui t'en empêche ? Tu as trop d'estime pour toi-même, c'est ça ?

— Je ne peux tout de même pas les supplier.

— Et eux, pourquoi crois-tu qu'ils t'embaucheront ?

— J'ai retiré de mon dossier tout ce que je jugeais superflu et j'ai donné ce qui restait au service des ressources humaines. »

Mari et femme se mirent à rire, mais se rappelèrent immédiatement que l'enfant dormait et s'arrêtèrent net, la main sur la bouche.

« Je vais vite te préparer quelques pommes de terre, reprit Manana. Il nous en reste quelques-unes et ce sera rapide.

— Je n'ai pas faim », répondit Gia en allumant une cigarette sur le gaz avant de rouvrir la fenêtre.

Il quitta la maison tôt le lendemain matin, un colis sous le bras. Il suivit la ligne de trolleybus jusqu'à la place Lénine avant de descendre la rue Lésélidzé jusqu'à la synagogue. Quelques juifs se tenaient devant l'entrée et Gia leur demanda s'ils avaient vu un certain Tchachka. Ils eurent visiblement peur de parler à un inconnu. Gia n'avait jamais vu Tchachka, mais comme tous les habitants de Tbilissi il savait qu'il vendait des médicaments étrangers difficiles à trouver. Il ne connaissait pas son visage, mais son intuition lui dit que l'homme faisait partie du petit groupe devant la synagogue, et il leur signifia clairement ce qu'il voulait :

« Il me faut un médicament pour mon enfant… »

Tchachka avait lui aussi beaucoup d'intuition, et sa grande expérience en la matière lui susurra que cet homme était un client et non pas un agent du KGB ou du Service de lutte contre le vol de la propriété socialiste.

« Viens », dit-il à Gia, et il l'emmena au rez-de-chaussée d'un immeuble voisin. Tchachka sortit un petit cahier et indiqua à son client de s'asseoir. Gia se mit à jeter un regard curieux autour de lui, mais Tchachka était un homme pressé.

« Quel médicament cherchez-vous ? questionna-t-il en regardant son cahier.

— C'est un médicament allemand pour les otites. Mon enfant a mal aux oreilles et n'a pas dormi depuis trois nuits. Le voisin nous a donné des gouttes de Bulgarie, mais nous n'en avons plus.

— Ces gouttes bulgares ne valent rien. Il vous faut des gouttes fabriquées en Allemagne ou en France, l'interrompit Tchachka d'une voix assurée.

— Vous en avez ? lui demanda Gia qui devint si nerveux en attendant la réponse qu'il fut sur le point d'allumer une cigarette.

— Ce médicament est très difficile à obtenir et il coûte très cher, commença Tchachka avant que Gia ne l'interrompe.

— Il n'est sûrement pas aussi cher que… ça ! » dit Gia en ouvrant son colis. Tchachka ne put cacher son étonnement de voir un jean américain devant lui. Il le scruta de près avant de passer la tête par la fenêtre pour demander à Moché de monter. Celui-ci comprit immédiatement de quoi il s'agissait et, en entrant dans la pièce, il examina à son tour le pantalon avant de se tourner, le visage radieux, vers Tchachka.

« C'est une vraie paire de Levi's. Je le jure sur la tête de mes enfants ! Nous sommes devant la synagogue et Dieu ne me pardonnerait pas si je mentais ! » Rendant ensuite à son visage l'air grave d'un grand homme d'affaires, il se tourna vers Gia.

« Il y aura beaucoup de clients pour ce jean si vous êtes d'accord pour le laisser ici, mais il vous faudra d'abord dire votre prix.

— Il me faut juste un médicament pour mon enfant, voilà pourquoi je le vends. Je n'y connais rien à tout ça. C'est la première fois que je vends quelque chose », dit Gia. Tchachka et Moché échangèrent rapidement un regard. Alors Tchachka se retourna, sortit un petit flacon d'une armoire et le tendit à Gia.

« Je déduirai l'argent du médicament de la somme. Reviens demain et Moché te donnera le reste. »

Gia ne dit rien. Il mit le flacon dans sa poche et les salua.

Il savait parfaitement qu'ils refuseraient de l'embaucher cette fois encore, mais il se rendit néanmoins à l'institut de recherche pour recueillir une réponse. Il écouta les excuses du service des ressources humaines.

« Ils ont discuté de votre candidature aujourd'hui, mais nous n'avons pas de poste vacant en ce moment et n'en aurons pas jusqu'à l'année prochaine. Recontactez-nous dans un an et vous aurez peut-être plus de chance.

— Je serai loin d'ici là », dit poliment Gia à la femme aux lèvres rouges en récupérant son dossier de candidature.

Il le mit sous son bras et alluma une cigarette dès sa sortie du bâtiment.

Il traversa la rue et s'arrêta un instant sur le pont afin de jeter ses papiers dans la rivière Mtkvari avant de poursuivre son chemin. Il demanda l'heure à un passant et monta à bord d'un trolleybus. Il devait voir les frères Iveriéli, et puisqu'il était l'heure du déjeuner il savait qu'il les trouverait chez eux, car ceux-ci mangeaient toujours en famille.

Paata ouvrit la porte et mena Gia dans la grande salle à manger. Tout le monde se leva pour le saluer. Il n'avait pas faim, mais il ne pouvait refuser l'invitation et se mit à table. Le père lisait sans cesse le journal, y compris aux repas. Le journal se nommait *Pravda* en lettres majuscules et en gras – « la Vérité » en russe, bien qu'il n'ait en réalité aucun rapport avec elle. Le frère aîné demanda à son père avec un sourire :

« Si ce journal racontait vraiment la vérité, il coûterait quand même plus que cinq kopecks, non ?

— Je lis seulement les nouvelles de l'étranger dans les journaux soviétiques », répondit M. Vaja à son fils en enlevant ses lunettes et en souriant à son tour. Ce dernier enchaîna :

« Les nouvelles d'Union soviétique ne t'intéressent pas ?

— Les nouvelles d'Union soviétique, je ne les écoute que sur *Voice of America* », répliqua M. Vaja, toujours en souriant, et tout le monde se mit à rire.

Ils demeurèrent un moment en silence, jusqu'à ce que le chef de famille demande à ses enfants :

« Qu'attendons-nous pour offrir quelque chose à boire à notre invité ? Il se plaindra plus tard de notre manque de générosité. Allez vite chercher du vin.

— Merci beaucoup, mais je suis pressé, intervint Gia en regardant les frères.

— Eh bien, buvons rapidement si vous êtes pressé ! C'est notre tournée, répliqua le patriarche, ravi.

— Merci, monsieur Vaja, mais je dois vraiment y aller, insista Gia en se levant et en jetant de nouveau un regard vers les frères. Je voulais juste passer les voir en coup de vent.

— Ah, vous les jeunes aujourd'hui ! dit M. Vaja. Dieu merci nous ne vivons pas aux États-Unis. Sinon vous seriez tous en train de boire du Coca-Cola à la place du vin. »

M. Vaja mit fin à la discussion d'un geste de la main et se leva. Gia remercia de nouveau ses hôtes et se retira avec les frères dans une autre pièce.

« Je suis prêt. J'ai même balancé tous mes documents dans le fleuve avant de venir, expliqua Gia d'une voix calme, mais convaincante avant d'attendre la réaction des frères.

— Tu veux dire la Mtkvari », dit Kakhaber en blaguant.

Paata demanda à Gia très sérieusement :

« Tu as gardé ton passeport ?

— Oui. Et vous, vous avez fait ce que vous aviez à faire ?

— Quoi donc ?

— Vous étiez censés aller voir le moine.

— Oui.

— Et alors ?

— On lui a encore rien raconté. On lui parlera quand il sera ici à Tbilissi dans quelques jours.

— Vous pensez qu'il sera d'accord ?

— On verra bien.

— Nous devons absolument le convaincre. On a vraiment besoin de lui. C'est lui qui doit apporter les armes à bord de l'avion.

— Oui, on sait. Nous, on sera tous fouillés.

— Quand je suis parti à Moscou cet été, il y avait un moine à bord de l'avion et je l'ai surveillé de près. Ils ne l'ont pas fouillé du tout, et l'ont même traité avec beaucoup de respect pour bien montrer aux gens que…

— Oui, je sais, ça les arrange en ce moment d'agir comme ça ; voilà pourquoi il nous faut absolument le moine. J'ai décidé de venir avec vous. Je sais déjà que je ne trouverai jamais de boulot ici.

— Et même si tu dégotes un boulot à vie ici, à quoi bon ? J'ai passé dix-sept ans à l'école et à l'université, et même dans le meilleur des cas je vais me retrouver avec un salaire brut de cent vingt misérables roubles par mois ! s'exclama Paata.

— Bon, j'y vais », conclut Gia en se levant. Il salua les deux frères et prit une cigarette de son paquet.

« Je la fumerai en chemin.

— On aura la réponse du moine dans quelques jours. On te tiendra au courant.

— Bien, je vous attends. »

Gia les salua de nouveau d'un geste de la main et s'en alla.

Sa femme lui ouvrit la porte. Gia l'embrassa sur la joue, sortit le flacon de sa poche et le lui donna avant de s'asseoir, l'air satisfait.

« Comment va le petit ?

— Il dort.

— J'aurai de l'argent demain.

— Quoi ? Ils sont tellement heureux de t'embaucher qu'ils vont même te payer une avance sur ton salaire demain ? »

Gia sourit.

« Non. Ils ne m'ont pas embauché.

— Tu as récupéré tous tes papiers ? »

Gia hocha la tête.

« Alors donne-les-moi et je les garderai pour toi. Tu en auras peut-être besoin un jour.

— Où est-ce que tu les garderas ?

— Sous ton jean Levi's. »

Gia scruta le visage de sa femme pour voir si Manana savait déjà ce qu'il était advenu du jean, mais il ne remarqua rien et assura d'une voix confiante :

« Je n'ai plus mes documents.

— Quoi ? Mais où sont-ils, alors ?

— Probablement déjà à Bakou. »

Au tour de Manana d'esquisser un sourire.

« Si tu les as balancés dans le fleuve, ils n'auront même pas encore atteint Roustavi, donc si tu changes d'avis tu pourras toujours les récupérer là-bas...

— Je ne changerai pas d'avis. Tout a été décidé.

— Et nous ? Que feras-tu de nous ?

— C'est pour vous que je pars, alors je ne vais quand même pas vous laisser ici ! J'irai en premier et puis j'arrangerai tout pour que vous me rejoigniez là-bas.

— Et comment vas-tu t'y prendre ?

— Je ne sais pas. Nous verrons.

— Donc tu as décidé de partir... Bon. Je suppose que tu porteras ton beau Levi's quand tu t'en iras, c'est ça ? »

Manana ne sourit pas, mais sa blague rendit Gia furieux. Il se leva, alluma une cigarette avant de l'éteindre et sortit en claquant la porte derrière lui. Dans sa colère, il avait complètement oublié que son fils dormait.

Plus tard, le 18 novembre 1983, à bord de l'avion détourné, plusieurs balles atteignirent Gia et l'une d'entre elles lui fut fatale. Au dernier instant de sa vie, il se rappela sûrement cette nuit lors de laquelle il avait montré une étoile à son fils et lui avait expliqué que, s'il venait à lui manquer un jour, il n'aurait qu'à retrouver l'étoile et à lui faire « coucou » de la main…

La mer

La mer était si calme que les eaux semblaient s'être figées. La mer Noire était tranquille, comme elle l'est toujours à l'automne, avant le tumulte des orages qu'apporte l'hiver, et, au couchant, le soleil était énorme, rouge et sublime.

Tina et Guéga avaient pris l'habitude de regarder le soleil se coucher depuis le balcon d'une maison où l'on voyait la côte s'étendre au loin. Les plages par ici étaient étroitement surveillées par des gardes-frontière russes armés, puisque la frontière avec la Turquie se situait à peine deux villages plus loin. Il était d'ailleurs interdit de s'en approcher, même de quelques kilomètres. Tina et Guéga avaient loué une chambre avec balcon dans une maison située au sommet d'une colline non loin de là. Les propriétaires étaient des Lazes et, comme tous les Lazes, ils avaient le meilleur poisson de la mer Noire et invitaient souvent Guéga et Tina à dîner. Malgré leurs relations très cordiales, Guéga continua néanmoins d'étudier ses leçons d'anglais en cachette, parce qu'il ne voulait pas que cette famille aux frontières de l'URSS le soupçonne de fomenter quelque chose. Cela donnait d'ailleurs lieu chaque nuit à des scènes amusantes lorsque Tina l'aidait et l'embrassait dès qu'il répondait correctement à une question.

La veille de leur départ, Tina et Guéga allèrent se promener longuement sur la plage et décidèrent d'y rester pour regarder le coucher de soleil avant de rentrer.

L'automne était déjà bien avancé, mais le froid était encore supportable. La présence de Guéga la réchauffait. Elle le ressentait ainsi, surtout lorsqu'ils étaient assis l'un à côté de l'autre à écouter le doux fracas des vagues.

La mer était calme ; l'astre, énorme et rouge.

Guéga serra Tina dans ses bras et l'embrassa sur la joue. Elle posa sa tête sur son épaule et se dit de nouveau qu'il n'y avait personne d'autre au monde qui lui soit si proche.

« Peut-on traverser la mer à la nage ?

— Tout est possible. Il suffit de le vouloir.

— Je ne parle pas théoriquement. Est-ce humainement faisable de la traverser ?

— Tu veux dire toute la mer ?

— Non, seulement jusqu'en Turquie.

— Oui, bien sûr. Il y avait quelqu'un dans notre studio dont le nom de famille était Alexandrie, et il a réussi à nager.

— Quoi, il a traversé la mer Noire ?

— Enfin, d'ici jusqu'en Turquie.

— Mais comment a-t-il fait ?

— Peu à peu.

— Non, sérieusement.

— Ben oui, il l'a fait peu à peu, par étapes. Il s'est entraîné et puis, un jour, il est parti.

— Et il a réussi ?

— Oui. Quand il a atteint la Turquie un bateau l'a repêché.

— Ah, donc il n'a pas nagé jusqu'au bout.

— Mais il n'a pas eu besoin de le faire. Il n'essayait pas de battre un record. Il voulait juste s'échapper d'ici.

— Et où est-il maintenant ?

— En Amérique… »

Ils demeurèrent assis en silence sur la plage de galets blancs et furent très surpris lorsque des gardes-frontière russes armés de fusils s'approchèrent d'eux discrètement pour les interpeller. Ils contrôlèrent d'abord leurs papiers d'identité avant de leur expliquer que leur comportement immoral constituait un trouble à l'ordre public. Tina jeta un coup d'œil autour d'elle pour s'assurer que la plage vide n'était pas un lieu de grand rassemblement public, mais ce qui la surprenait vraiment était le fait que poser sa tête sur l'épaule de la personne aimée constitue un comportement immoral.

Tina fut donc surprise, tandis que Guéga, furieux, se sentait insulté. Tina craignait qu'il ne provoque les hommes armés et l'implorait du regard de ne rien formuler de déplacé. Il se mordit la lèvre de désespoir et marchèrent jusqu'à la maison en silence. Leur silence se prolongea. Guéga se coucha sur le lit et Tina caressa très doucement sa tête. Guéga lâcha enfin :

« Voilà pourquoi je ne veux plus vivre ici…

— L'armée et la police sont violentes partout dans le monde.

— Oui, mais l'amour n'est pas interdit là-bas.

— Non, pas dans le monde libre, j'imagine.

— Moi, je veux vivre dans un pays libre. Pas toi ?

— Peu importe, du moment que je suis avec toi.

— Mais ne veux-tu pas vivre libre ?

— Avec toi je suis libre partout.

— Si je partais, tu viendrais avec moi ?

— Mais je ne pourrai jamais traverser la mer à la nage.

— Moi non plus. Il faut être très bon nageur.

— Alors, que comptes-tu faire ?

— Je m'évaderai par les airs.

— Donc tu sais mieux voler que nager ? lui demanda Tina avec un sourire.

— Tu es un ange, mais tes ailes seront-elles suffisantes pour nous deux ?

— Non, sérieusement.

— Je te dis sérieusement que tu es un ange.

— Non, réponds-moi. Je veux vraiment le savoir.

— Je m'envolerai vraiment, mais seulement avec toi… »

Tina se leva et ouvrit la fenêtre. La mer Noire était vraiment noire.

Dato et les frères écoutaient attentivement le père Théodore leur parler calmement de choses simples, mais très importantes. Ils étaient dans la chambre de Dato qui au premier regard ressemblait à celle de tous les jeunes – en désordre.

« Ils sont encore venus me voir au monastère le lendemain de votre départ.

— Que voulaient-ils cette fois-ci ? demanda Paata en prenant une cigarette.

— J'imagine qu'ils voulaient savoir ce que vous étiez venus faire avec moi là-haut.

— Qu'as-tu répondu ?

— Je leur ai rapporté nos discussions.

— Et de quoi avons-nous discuté ?

— De Dieu, de bonté, d'amour.

— Et ils ont peur de ces choses ?

— Oui, c'est ce qui les effraie le plus, mais ils ne l'avouent jamais et ne veulent pas montrer ouvertement qu'ils s'opposent à la religion. Au contraire, ils ont changé de stratégie et traitent le clergé avec respect, tandis que le KGB les surveille de près.

— Que comptes-tu faire ?

— La même chose qu'à l'ordinaire. Leur opposition ne fait que renforcer mes convictions. Les premiers chrétiens eux aussi ont dû affronter ce genre de situation. Le danger est une source de foi en Dieu.

— Tu es un moine. Tu as déjà fait ton choix.

— Les êtres humains doivent tous faire des choix, toujours et partout, qu'ils soient moines ou pas. Nous devons sans cesse choisir entre le bien et le mal, la lumière et l'obscurité, l'esclavage et la liberté…

— Nous aussi, nous avons choisi, intervint Kakhaber en regardant les autres avant de se tourner vers le moine et de répéter ses mots.

— Quel choix ? » leur demanda le père Théodore.

Les garçons échangèrent des regards, comme s'ils hésitaient. Après un instant Paata plongea ses yeux dans ceux du père Théodore et lui annonça très calmement :

« Nous partons.

— Comment ?

— En avion.

— Mais comment allez-vous faire ?

— Nous atterrirons sur une base américaine en Turquie et ils s'occuperont de nous.

— Mais comment allez-vous arriver jusque-là ?

— Comme des réfugiés. Tu te souviens de la famille lituanienne évadée l'année dernière ? Les Américains les ont accueillis comme des héros.

— Les Lituaniens ont eu beaucoup de chance.

— Nous aussi nous en aurons. Nous ferons juste un peu peur aux pilotes pour qu'ils changent l'itinéraire.

— Comment comptez-vous leur faire "un peu peur" ?

— Avec des armes.

— Vous n'y pensez pas ! Et comment ferez-vous pour apporter des armes à bord ? Ils fouillent toujours tout le monde avant l'embarquement.

— Sauf les prêtres et les moines », répondit Dato avant d'attendre la réaction du père Théodore et des autres. Le moine comprit ce qu'on voulait de lui, et voilà pourquoi il leur demanda :

« Et s'il y avait des victimes ?

— Il n'y en aura pas.

— Mais s'il y en avait ? Hein ?

— C'est impossible.

— Comment l'exclure ? insista le père Théodore.

— Rien n'est exclu.

— Il se pourrait donc qu'il y en ait.

— Oui, mais seulement en théorie.

— Alors ça n'en vaut pas la peine, même en théorie.

— Qu'est-ce qui n'en vaut pas la peine ? demanda Paata.

— Rien ne vaut la vie d'un être humain, ni la liberté ni quelque objectif que ce soit. La vie de chaque personne appartient à Dieu, et seul Dieu peut décider de l'heure de notre mort…

— Mais nous n'allons tuer personne ! s'écria Paata en jetant un regard plein de colère à Dato. Nous aurons simplement besoin d'armes pour effrayer les pilotes, c'est tout.

— L'accident mortel fait toujours suite à la peur, rétorqua le moine. De plus, ils ne laisseront jamais les pilotes se poser en Turquie.

— Mais les Lituaniens, eux, ils ont bien réussi ! s'exclama Paata.

— Voilà pourquoi vous ne parviendrez pas à détourner l'avion. Les Russes ne feront pas la même erreur… », conclut le père Théodore.

Les frères se levèrent, prirent leurs vestes en silence et sortirent sans dire au revoir.

Dato et le moine se retrouvèrent seuls dans la pièce, et après un long silence le père Théodore déclara avec un sourire :

« Ils ont dû croire que j'avais peur… »

Gia rencontra Soso dans un lieu public très fréquenté et lui dit ce que tout le monde pensait tout bas :

« Le moine ne vient pas.

— Je sais.

— Il ne nous reste plus qu'une option.

— Laquelle ?

— La fille, la copine de Guéga, c'est elle qui doit embarquer avec les armes.

— Hein ? Mais comment ?

— En faisant semblant d'être enceinte.

— Enceinte ? Mais ils ne sont même pas mariés !

— Il l'épousera, et nous partirons après le mariage.

— Tu crois qu'il serait d'accord ?

— Je ne sais pas, mais tu dois parler à Guéga et le convaincre.

— Guéga, oui, mais Tina ?

— Elle s'appelle Tina ?

— Oui.

— Guéga la persuadera. Nous n'avons pas le choix… ni de temps à perdre », ajouta Gia avant de s'en aller.

Soso resta un moment immobile, puis traversa la rue et s'en alla lui aussi.

« La neige a déjà fondu ? demanda Dato, surpris, au père Théodore dans la cour du monastère.

— C'est le soleil d'automne, répondit le moine. Il neigera de nouveau dans une semaine.

— C'est si calme ici.

— Oui. Le calme nous est encore plus indispensable que la quiétude.

— Et c'est pour ce calme que tu m'as demandé de venir ?

— Non. Mais pourquoi n'as-tu pas emmené Guéga avec toi ?

— Il a un tournage en ce moment. Il m'a assuré qu'il viendrait sans faute la semaine prochaine.

— Je voulais qu'il soit là aujourd'hui, comme ça j'aurais pu vous parler à tous les deux.

— Nous parler ? Pour nous dire quoi ?

— Je sais que vous avez décidé de partir.

— Non, nous n'avons encore rien décidé, répondit Dato.

— Je te le dis à toi parce que je sais que tu suivras Guéga s'il décide de partir.

— Rien n'a encore été décidé.

— Je t'ai déjà dit ce que je pensais de tout ça. Guéga n'est pas venu parce que tout a déjà été décidé.

— Puisque je te dis que non !

— Tu es libre de ne rien me révéler. Ce n'est pas pour cette raison que je souhaitais te voir. Bien au contraire, je voulais te dire ce que j'ai déjà dit aux autres, mais ils ne sont pas comme toi et ils ne possèdent pas ce que Dieu a bien voulu t'accorder.

— Et qu'est-ce qui me distingue des autres ?

— La prudence. Il n'y a pas de meilleur mot pour décrire ce moment où la raison et l'âme guident simultanément les actions d'une personne.

— Tu sais très bien que ce n'est pas moi qui décide.

— Et c'est exactement pour cette raison que je te dis tout cela. Si tu refuses de les accompagner, les autres réaliseront alors que la valeur d'une seule vie humaine est beaucoup plus précieuse que n'importe quel objectif, si important et noble soit-il.

— Il n'y aura pas de victimes. Tu me crois, moi, quand je t'affirme que je ne pourrais jamais tuer quelqu'un ? Je préférerais me sacrifier. Vraiment.

— Vous, vous ne tuerez personne, mais eux, eux le feront. Ils n'hésiteront pas à tuer des passagers innocents et…

— Et rejetteront la faute sur nous ?

— Bien entendu. Le pire, c'est que vous serez vous-mêmes responsables des victimes qu'ils feront…

— Pourquoi ?

— Parce que ces gens seront tués à cause de vous.

— Il n'y aura aucune victime, s'obstina à répéter Dato.

— Bien sûr qu'il y en aura ! s'écria le père Théodore. Vous ne savez pas à qui vous avez affaire ; vous ne savez pas de quoi ils sont capables ; et Guéga s'imaginera sûrement jouer un rôle au théâtre ou au cinéma.

— Mais quelle importance pour l'empire si une petite poignée de personnes s'échappe ?

— Même des centaines et des milliers de vies ne signifient rien pour eux. La vie humaine n'a aucune valeur pour eux.

— Oui, exactement, donc…

— En revanche, ils détestent les spectacles mis en scène par d'autres. Ils ne veulent que les leurs. Et ils ne vous pardonneront jamais l'insulte.

— Mais nous n'allons insulter personne !

— Vous ignorez à quel point les gens arrogants peuvent devenir diaboliques lorsqu'ils sont au pouvoir, précisa le père Théodore.

— Le gouvernement n'a rien pu faire pour les Lituaniens qui ont détourné l'avion, et il les a laissés partir.

— Voilà pourquoi le gouvernement soviétique ne commettra pas la même erreur. Ils ne vous laisseront jamais partir !

— Nous n'avons encore rien décidé.

— Je sais que votre décision est déjà prise, et je sais également que, si tu refuses, alors l'un d'entre eux osera refuser aussi, puis un autre et encore un autre, et ils seront tous sauvés. Tout sera pardonné et vous serez tous sains et saufs.

— Rien n'a été décidé.

— Après, il sera trop tard, continua le moine. Voilà pourquoi je voulais voir Guéga. Il doit penser que ce serait une honte d'abandonner maintenant, et je tiens à ce qu'il sache qu'il est plus important de penser à Dieu que de penser à ceux dont on veut se servir...

— Si Guéga ne le veut pas, personne ne pourra se servir de lui ou l'obliger à faire quoi que ce soit.

— Et voilà pourquoi je souhaitais voir Guéga, avant qu'il ne soit trop tard. Je l'attendrai et lui parlerai. Dis-lui que je l'attends...

— D'accord.

— Je l'attendrai tous les jours, précisa le père Théodore.

— Je le lui dirai. »

Lorsque Dato redescendit dans la vallée et alors qu'il se trouvait déjà à une bonne distance du monastère, il se retourna une dernière fois pour voir son ami, le moine, immobile devant l'entrée. Il le salua d'un ultime geste de la main, puis se remit en route...

Le mariage

Le mariage de Guéga et Tina ressembla à un mariage géorgien des plus traditionnels, quoiqu'un peu différent. Tout avait l'air normal, mais certaines personnes présentes semblaient attendre quelque chose d'inhabituel, de spécial, et paraissaient nerveuses. Pour d'autres, c'étaient simplement les noces d'un jeune couple heureux, l'occasion de s'amuser avec insouciance. La mariée, dont la grossesse était déjà visible, avait l'air fatiguée. Quant à la mère de Guéga, son intuition maternelle lui dit qu'il se tramait quelque chose. Elle ne savait pas exactement de quoi il retournait, mais elle sentait que toute la joie, toutes les danses et tous les chants qui l'entouraient étaient imprégnés d'une certaine tristesse.

L'attitude de l'un des invités, Giorgi, lui parut particulièrement étrange. Elle ne l'avait jamais rencontré. Natéla le vit discuter avec Guéga à l'entrée du restaurant ; ils parlèrent longtemps et leur conversation fut agitée. Elle n'entendait pas leurs voix, mais sentait que son fils se disputait avec l'inconnu, comme s'il cherchait à lui expliquer quelque chose. L'invité mystère n'était visiblement pas d'accord et finit par partir, comme il était venu, sans même entrer dans le restaurant.

Cependant, Natéla eut l'impression qu'en partant l'inconnu – qui était bien plus âgé que son fils (il s'agissait en fait de Gia) – menaça Guéga du doigt. Ce dernier demeura un moment tête baissée avant de regagner sa place. À table, Guéga n'esquissa pas un sourire. Natéla ne sut jamais, ni lors du mariage ni même plus tard, si elle s'était imaginé la scène ou si celle-ci avait vraiment eu lieu.

La seule chose qu'elle n'oublia pas fut de s'occuper des invités. Ils étaient nombreux ce soir-là et, en sa qualité d'hôte, elle s'efforça de passer un peu de temps avec chaque invité, sans négliger qui que ce soit. De sorte qu'elle profita à peine de son propre fils. Mais elle le chercha constamment du regard – tout particulièrement lorsque les colombes furent symboliquement présentées aux mariés. En Géorgie, à l'époque, la coutume voulait qu'on offre aux mariés deux colombes comme cadeaux symboliques. Mais, ce soir-là, personne ne sut qui avait entrepris de le faire ni pour quelles raisons. C'était sans doute plus une blague qu'autre chose. Quoi qu'il en soit, lorsque les colombes s'envolèrent dans le restaurant, leur libération fut accompagnée de rires. La suite dépassa l'entendement : l'une des colombes s'effondra comme si elle avait été frappée par la foudre. Le silence qui s'ensuivit fut interrompu par un éclat de voix.

« Regardez ! L'une des colombes est morte ! »

Les invités se dévisagèrent avec effroi et étonnement. Certains se tournèrent discrètement vers Tina et Guéga. C'est lui qui demanda aux musiciens de jouer l'un de ses morceaux préférés. Et le mariage reprit son cours, mais tous les invités sentaient qu'il venait de se produire quelque chose d'inhabituel et d'étrange. La seule personne qui pressentit que le plus important était encore à venir était la mère de Guéga. Voilà pourquoi Natéla passa toute la soirée à chercher son fils des yeux. Celui-ci était assis à côté d'Irakli Tcharkviani et avait un air triste, dû au vin ou à la fatigue.

Guéga posa son bras sur l'épaule d'Irakli et lui souffla quelque chose à l'oreille qui le fit sourire. Il sembla à Natéla que même ce sourire cachait quelque chose de crucial et que Guéga était peut-être en train de faire ses adieux. Son fils n'avait jamais été comme ces hommes géorgiens qui, lorsqu'ils sont pleins comme des outres, deviennent très émotifs et déclarent un amour éternel à tous leurs amis ; mais puisque Natéla ne savait pas exactement ce qui se passait au mariage de son fils, elle attribua ses doutes à un excès de curiosité maternelle.

Natéla ne fit pas attention au paquet de cigarettes que Guéga donna à Dato Evgénidzé comme cadeau lors de leurs adieux. C'est seulement bien plus tard qu'elle se rappela leur conversation. Il s'agissait de cigarettes américaines, des Camel produites en Turquie (à l'époque un luxe rarissime à Tbilissi) que Dato refusa :

« Tiens, prends-les. Ce sera comme un souvenir de moi », disait Guéga en glissant le paquet dans la poche de Dato.

— Mais je n'en veux pas. J'en ai déjà un, répondit celui-ci en le retirant de sa poche.

— Je te les donne, en guise de souvenir », répéta Guéga avec une telle insistance que Dato sourit et regarda le paquet. Le mot « *Turkish* » y était mentionné en évidence.

« Ah, je croyais qu'elles étaient américaines…, dit-il à Guéga en retirant une cigarette du paquet.

— Oui, elles le sont, mais elles ont été fabriquées en Turquie avec du tabac de Samsoun…

— Je connais Samsoun. Les Américains ont une base militaire là-bas, près de Batoumi, mais de l'autre côté de la frontière…

— Prends-les et tu penseras à moi », l'interrompit Guéga d'une voix presque gênée avant de serrer Dato dans ses bras pour la dernière fois.

Il était déjà très tard lorsque les derniers invités rentrèrent chez eux. Malgré leur fatigue, les employés du restaurant avaient commencé à tout ranger. La table des mariés était située un peu à l'écart des autres, sur une estrade. Il ne restait que Tina et Guéga, assis. Dans le silence qui suivit le bruit de leurs noces, Guéga murmura à sa ravissante épouse :

« Nous partons demain matin.

— Je sais.

— Il ne nous reste plus que quelques heures.

— Oui, je sais.

— Décide-toi. Nous ne reviendrons pas ici.

— J'ai déjà décidé.

— Non, je veux dire l'autre chose.

— J'ai déjà tout décidé.

— Mais tu ne voulais pas.
— Je ne le veux toujours pas, mais je viens quand même.
— Pourquoi ?
— Comment ça, “pourquoi” ? Pourquoi je ne le veux pas ou pourquoi je viens ? demanda Tina.
— Tu ne le veux pas, mais tu viens quand même.
— Je ne le veux pas, mais je viens avec toi.
— Pourquoi ne le veux-tu pas ?
— Parce que ce que vous avez prévu est injustifiable.
— Comment ça ?
— Parce qu’on peut tout justifier sauf le sacrifice d’une vie humaine.
— Il n’y aura pas de victimes. Nos armes sont simplement là pour effrayer les pilotes, maintint Guéga.
— Là où il y a des armes il y a souvent des victimes, et ces gens qui pourraient mourir ne nous ont rien fait.
— Nous allons prendre un petit avion. Il n’y aura que quelques passagers en plus de nous.
— Quand bien même il n’y en aurait qu’un seul, il est innocent.
— Si tu as peur, dis-le maintenant et on oublie tout.
— Non, je n’ai pas peur.
— Je crois bien que si. Un petit peu.
— Je n’ai peur de rien, expliqua Tina, ni de prendre l’avion ni de la mort, et je n’ai certainement pas peur de ce que tu veux me dire sans avoir encore trouvé le courage de le faire.
— Mais de quoi tu parles ?

— Du fait que c'est moi qui vais devoir introduire les armes à bord. »

Tina plaça doucement sa main sur son ventre et caressa avec amour son futur enfant. Guéga se tut pendant un long moment avant de finalement lui demander :

« Pourquoi n'as-tu peur de rien ?

— Parce que je n'ai pas peur d'aimer... »

Le lendemain matin, Guéga semblait très joyeux et Natéla pensa que ce n'était pas tant dû au départ pour sa lune de miel, qu'au fait que celle-ci se passerait à Batoumi où la mer d'automne et le calme qui l'attendait lui feraient du bien après toute l'agitation de Tbilissi et de son mariage. La seule chose qui surprit Natéla fut la manière inhabituelle dont Guéga lui dit au revoir. D'habitude, il l'embrassait, puis dans la rue il levait systématiquement sa jambe gauche pour qu'elle le voie. Il savait qu'elle se tenait toujours à la fenêtre pour suivre son fils unique du regard.

Ce matin-là, comme d'habitude, Natéla était postée à la fenêtre, mais Guéga ne fit pas le geste familier : il ne leva pas la jambe, pas plus qu'il ne se retourna. Il partit, voilà tout...

L'aéroport était noir de monde. Dans ce brouhaha, il y avait un superbe jeune couple qui s'envolait pour sa lune de miel, accompagné de sa bande d'amis. La coutume d'accompagner les jeunes mariés était courante à cette époque-là et ne surprit personne. Mais au moment de l'embarquement, le groupe d'amis fut très surpris de découvrir que le petit avion qui faisait habituellement la liaison Tbilissi-Batoumi avait été remplacé par un appareil bien plus grand qui ne ferait qu'une escale à Batoumi avant de poursuivre jusqu'à Leningrad. Ce changement ne perturba qu'un nombre limité de passagers, visiblement hésitants, mais ils décidèrent finalement qu'il ne s'agissait sûrement que d'une coïncidence et ils se dirigèrent vers le comptoir d'enregistrement. La seule personne qui demanda à être dispensée du passage obligatoire par le portique de détection des métaux fut Tina, qui se dit inquiète des effets que le champ électromagnétique pourrait avoir sur son enfant. Les membres de la compagnie la félicitèrent elle et Guéga de la part de la compagnie aérienne et lui autorisèrent le passage à côté du portique. Quelqu'un ouvrit même une bouteille de vin pétillant dont le contenu fut particulièrement apprécié par ceux qui souffraient d'une gueule de bois. Ils restèrent d'ailleurs si longtemps à boire à la santé du couple qu'ils furent sur le point de rater leur vol. Puis tout le monde prit place à bord de l'avion et l'hôtesse de l'air se mit à expliquer les règles de sécurité aux passagers, qui en bons Géorgiens avaient pour principe de ne jamais y prêter la moindre attention.

Et l'avion décolla.

Mais seulement après un retard imprévu : l'un des passagers était ivre et si incontrôlable que le personnel de bord avait dû appeler la police, qui vint rapidement le débarrasser de l'homme assis à la place 59.

Ce que ce cinquante-neuvième passager ignorait, c'était que peu après le décollage les cinquante-huit passagers restants se mettraient rapidement à l'envier, puisqu'il était le seul à ne plus être à bord de l'avion qui survolait les nuages…

Bien qu'il fût déjà midi, Natéla dormait encore. Elle avait passé toute la matinée à nettoyer et à ranger et avait même commencé à laver la vaisselle avant de se sentir très fatiguée. Elle quitta la cuisine et décida de s'abandonner à une petite sieste dans un fauteuil situé à proximité de la porte d'entrée. En géorgien, « faire un petit somme » se dit « jouer un tour à ses yeux ». Plus tard, Natéla ne se rappela plus si elle avait réellement dormi ou si elle avait seulement fermé les yeux, lorsque quelqu'un frappa timidement à la fenêtre. Elle se tenait juste de l'autre côté, et sa première réaction fut un sentiment de peur. À la fenêtre il y avait un homme barbu habillé d'une soutane et aux yeux verts pénétrants.

« Bonjour et navré de vous déranger, dit-il.

— Bonjour », répondit Natéla. Elle ne comprenait pas ce que ce moine lui voulait.

« Guéga vit ici, n'est-ce pas ? demanda le moine, et Natéla se calma un peu en entendant le nom de son fils.

— Oui, tout à fait.

— S'il est là, pourrais-je lui parler une minute, s'il vous plaît ?

— Il n'est pas là. Ils sont partis aujourd'hui.

— Où ça ?

— En lune de miel.

— Vous devez être sa mère.

— Oui, c'est moi.

— Et où sont-ils partis ?

— À Batoumi.

— Puis-je vous demander comment ils sont partis ?

— Excusez-moi, mais à qui ai-je l'honneur ?

— Je suis le père spirituel de Guéga.

— J'ignorais que mon fils avait un père spirituel ! s'exclama Natéla avec étonnement.

— Même lui l'ignorait, avoua le moine.

— Je suis désolée, mais je ne comprends toujours pas.

— Je suis le père spirituel de ses amis, et j'attendais que Guéga vienne lui aussi.

— Vous l'attendiez ? Mais où l'attendiez-vous ?

— Dans mon monastère. Je l'attends depuis plusieurs jours, et comme il ne s'est pas présenté j'ai décidé de venir moi-même à lui.

— Il m'appellera sans doute plus tard. Voulez-vous me laisser un message ?

— Comment sont-ils partis pour Batoumi ?

— En avion.

— Leur avion a-t-il déjà décollé ?

— Oui, il doit être en route pour Batoumi, répondit Natéla en jetant instinctivement un coup d'œil à l'horloge qui pendait au mur. Ça doit bien faire une heure, maintenant.

— Les autres sont partis avec eux ?

— Oui, ses amis les accompagnent.

— Je devais les accompagner aussi, mais je suis arrivé trop tard.

— Et le savaient-ils, que vous étiez censé les accompagner ?

— Non. Je ne le savais pas moi-même.

— Je ne comprends vraiment rien à ce que vous me dites, souligna Natéla.

— Je suis leur père spirituel, et ma place est auprès d'eux, à bord de cet avion.

— Vous avez raté l'avion ?

— Je ne savais pas qu'ils partaient aujourd'hui.

— Mais vous vouliez les accompagner ?

— Pas du tout, mais je ne voulais pas non plus qu'ils s'en aillent.

— Je suis vraiment navrée, mais je n'y comprends absolument rien.

— Je ne sais pas pourquoi ils étaient tellement pressés… », poursuivit le moine.

Natéla ne dit plus rien au père Théodore, elle ne saisissait toujours pas où il voulait en venir. Ce n'est qu'à ce moment-là qu'elle réalisa qu'ils se parlaient au travers de la vitre et qu'il faisait froid dehors.

« Entrez, je vous en prie. »

Le moine sourit.

« Merci, madame, mais je dois y aller. Il est trop tard. Tout est trop tard maintenant…

— Que dois-je dire à Guéga quand il m'appellera ?

— D'où pensez-vous qu'il vous appellera ?

— Mais de Batoumi, voyons ! répondit Natéla en sentant la colère la gagner.

— S'il vous appelle, dites-lui que je prie pour eux et que je le ferai toujours… »

Le moine sortit, se retourna pour saluer Natéla et s'en alla.

Ce n'est qu'à cet instant que Natéla commença à se demander pourquoi le moine avait frappé à la fenêtre au lieu de frapper à la porte comme tout le monde, mais elle ne réussit pas à se l'expliquer et se mit à réfléchir à ce qu'il lui avait dit. Puis elle appela les familles des amis de Guéga pour demander s'ils savaient quelque chose, mais c'était toujours la même réponse : aucun appel de Batoumi, ce qui signifiait forcément que l'avion était encore dans les airs.

Après toutes ces conversations, Natéla dormit d'un sommeil de plomb jusqu'au soir, jusqu'au moment où on la réveilla…

L'avion

Identifiée plus tard comme un détournement d'avion, l'opération ressemblait à l'époque au suicide collectif d'une bande de jeunes désespérés.

Les pirates de l'air étaient habillés ainsi qu'à l'ordinaire, ils portaient des jeans comme les jeunes de leur temps. Seul Gia Tabidzé était vêtu d'un costume-cravate et tenait un globe dans ses bras. Il avait aussi une bible qu'il avait donnée à Guéga une fois à bord. Plus tard, le globe disparut, ce qui donna naissance à une hypothèse selon laquelle les armes auraient été cachées à l'intérieur. Ce qui était faux.

Gia Tabidzé n'avait emporté que le globe et la bible géorgienne. Il avait aussi laissé une lettre émouvante à sa femme et à son fils dans laquelle il expliquait au petit Giorgi comment repérer l'étoile dans le ciel qui lui rappellerait son papa.

Le vol fut d'abord retardé à cause de la mauvaise météo. Puis par l'un des passagers, totalement ivre et ingérable.

Le détournement de l'appareil fut lui-même repoussé parce que Kakhaber Iveriéli ignorait comment se servir d'un revolver. D'après la version officielle, à l'approche de Batoumi, les pilotes furent avertis de la dégradation des conditions météorologiques et changèrent de cap. Ce serait ce brusque changement de direction, suspect pour les pirates de l'air, qui les aurait décidés à agir. Or, la boîte noire révéla que les pilotes ne furent pas contactés par les contrôleurs aériens, mais par des militaires, ce qui sous-entend une opération parfaitement préparée.

Parmi les cinquante-huit passagers, il y avait un homme qui n'avait rien à faire à Batoumi, mais qui s'y rendait néanmoins avec les autres. Son boulot était de rester assis à bord de l'appareil. Dans tout l'espace aérien soviétique, il n'y avait pas, en effet, un seul avion qui ne soit surveillé par au moins l'un d'entre eux, et chaque citoyen soviétique le savait. Les amis de Guéga qui l'accompagnaient dans sa lune de miel avec Tina le savaient aussi parfaitement. En premier lieu et pour prendre le contrôle de l'avion, il leur était indispensable d'identifier l'homme du KGB qui était monté à bord. Ils pensaient qu'en le neutralisant il serait ensuite plus facile de contraindre l'équipage à franchir la frontière et à atterrir sur l'une des bases américaines en Turquie. Comment l'identifier parmi les cinquante-huit passagers ? Ils ne pouvaient que tenter de le deviner. Leur décision ressembla beaucoup à un jeu destiné aux enfants au cours duquel il faut repérer les espions à travers leurs vêtements. Ainsi, l'imperméable gris d'un homme d'une quarantaine d'années assis à la première rangée ne leur laissa aucun doute : c'était lui, l'agent du KGB qui surveillait le vol. Même si Guéga remit en question leur raisonnement et émit des réserves, la plupart de ses amis tombèrent d'accord au point de répéter le même argument :

« Non mais regarde sa gueule de KGB ! Pas de doute, c'est bien lui…

— Oui, bon, il en a l'air, mais c'est peut-être un passager tout à fait quelconque ? suggéra Guéga, en vain.

— Si tu es si sûr que ce n'est pas lui, alors cherche et montre-moi qui ça peut être, et je m'occuperai de lui, dit le plus grand des deux frères à Guéga, tandis que le plus jeune riait.

— Mais où veux-tu que je trouve un agent du KGB ? demanda Guéga, surpris.

— Ici, à bord de l'avion », répondit Gia sans sourire. Guéga comprit que le choix avait déjà été fait.

Plus rapide que l'aîné, le benjamin se leva et se dirigea vers le cockpit avec une bouteille de mousseux à la main qu'il but sur le chemin. Lorsqu'il atteignit la première rangée de sièges, il frappa la tête de la cible à l'imperméable avec la bouteille et le détournement de l'avion fut lancé.

Les pirates de l'air se rendirent compte qu'ils avaient commis une erreur seulement lorsque tout fut terminé : le quinquagénaire, qui avait immédiatement perdu connaissance, n'était pas un agent du KGB, mais un passager lambda. Cependant, pour l'homme, cela ne faisait aucune différence, puisqu'il gisait inconscient, le crâne fêlé, sur son siège, tandis que sa voisine, sous le choc, hurlait afin de se faire entendre de tout l'avion. Son vacarme n'engendra pas de sentiment de panique chez les pirates de l'air. Ces derniers semblaient si bien préparés à la situation qu'ils poursuivirent l'exécution de leur plan avec la plus grande énergie.

Dès que Paata, le plus jeune des frères, s'était levé, une bouteille à la main, les autres avaient rejoint leurs positions. Gia fut le premier, arme au poing, à se diriger vers les pilotes, suivi de près par le grand frère, Kakhaber. Mais Gia n'eut même pas le temps de les atteindre qu'un homme armé l'abattit. Cet homme en civil était assis au bout de l'allée, face à eux et dos aux pilotes. Sa présence dans le cockpit était totalement inattendue et les prit au dépourvu. Ils avaient étudié le plan du petit avion qu'ils comptaient initialement détourner, mais ils ignoraient tout de celui-ci. Néanmoins, ils avaient décidé de ne pas reporter leur projet afin de ne pas courir le risque d'être démasqués par le KGB ou dénoncés, entre-temps, aux autorités.

Il n'y avait pas assez de place pour tout le monde dans le cockpit à l'exception des pilotes. Personne n'aurait pu s'y installer confortablement hormis cet homme armé que Gia et Kakhaber n'avaient pas remarqué.

Gia mort, les pirates de l'air n'avaient plus le temps de penser à leurs erreurs. En fait, il n'y avait plus de place pour la réflexion, maintenant que l'homme armé tirait depuis le bout de l'allée. Au son des tirs, les cinquante passagers tout comme les pirates de l'air rentrèrent la tête. Le tireur ne faisait aucune distinction entre les coupables et les innocents. Il blessa Kakhaber, ainsi qu'un autre passager, ce qui poussa l'hôtesse de l'air à fermer la porte du cockpit. Mais ce ne fut pas chose aisée. Le corps sans vie de la première victime bloquait la porte. Peut-être qu'en la fermant elle voulait aussi empêcher les pirates d'entrer et donc d'atteindre l'équipage. Malgré la panique qui régnait à bord et la précarité de leur situation, les pirates de l'air n'eurent d'autre choix que de suivre leur plan coûte que coûte. Ils ne pouvaient plus agir autrement désormais. Ils étaient tous armés, tandis que Guéga se tenait dans le couloir, une grenade à la main. Elle était factice, mais seul Gia le savait.

Guéga menaça l'équipage de tout faire sauter s'ils refusaient de détourner l'avion vers la Turquie, mais les pilotes avaient reçu l'ordre de ne jamais céder aux demandes des pirates. Alors, pour semer le chaos parmi eux, ils firent décrocher l'avion, ce qui se révéla infructueux. D'abord parce que les pirates étaient déjà complètement désorganisés et surtout parce que ce mouvement de l'appareil ne fit qu'aggraver l'état des passagers. Cette chute fut si abrupte et inattendue que les voyageurs furent arrachés de leurs sièges, hurlant de peur à vous glacer le sang. Le plus horrible, ce fut que les pilotes répétèrent la manœuvre à plusieurs reprises.

Lorsque la situation s'apaisa, les pirates réitérèrent leurs exigences, de manière plus virulente, affectés par la résistance des pilotes qui allait les pousser à se transformer en *chahids*. Les pilotes n'eurent d'autre choix que d'inventer un mensonge afin de gagner du temps et de calmer les pirates : ils dirent à Soso qu'ils avaient juste assez de carburant pour se poser à Batoumi, mais qu'ils ne réussiraient jamais à atteindre un aéroport en Turquie. Soso se méfia, mais fut bien obligé de les croire sur parole. Ils décidèrent que la solution la plus rapide, la seule pour s'en sortir, serait de faire le plein à Sokhoumi (cet aéroport était le plus proche de Batoumi). En réalité, l'équipage avait reçu l'ordre de se poser à Tbilissi où une unité de l'armée russe, basée non loin de là, les attendait déjà. Les pilotes firent donc semblant de changer de cap vers Sokhoumi afin de tromper les pirates, mais, ceux-ci ignorant tout de la navigation aérienne, la manœuvre fut inutile. Ils ne pouvaient pas non plus savoir que deux appareils militaires les suivaient, un de chaque côté, dans l'hypothèse d'une tentative de fuite de l'espace aérien soviétique pour passer en Turquie. S'il y avait une telle escorte dans le ciel au-dessus de Batoumi, c'était avant tout pour inciter les pilotes à suivre l'ordre reçu de Tbilissi et, le cas échéant, pour abattre l'appareil s'il s'approchait de la frontière turque.

Les pirates découvrirent la destination de l'avion à la dernière minute, lorsqu'ils reconnurent la ville et que l'avion amorça sa descente. Quand Dato réalisa que tout était perdu, qu'il était inutile de se justifier, et qu'il fut certain que l'avion avait atterri à l'aéroport de Tbilissi, il se suicida.

Le bruit du dernier coup de feu de Dato brisa le silence qui avait envahi la cabine. Les passagers assis à ses côtés crièrent instinctivement, bien qu'aucun d'entre eux ne puisse s'imaginer l'horreur qui les attendait.

Dès que l'appareil se posa, plusieurs dizaines de soldats armés l'encerclèrent et, sans avertissement ni tentative de dialogue, le mitraillèrent avec sa cinquantaine de passagers.

On ne sut jamais qui donna l'ordre menant au bain de sang. Le pire fut sans doute le fait que les soldats ouvrirent le feu au moment précis où les passagers croyaient qu'ils étaient enfin sauvés. Difficile d'imaginer ce que ces tirs de soldats, même depuis l'extérieur, purent engendrer.

Lorsque le cauchemar toucha à sa fin, seuls les blessés continuèrent de crier ; les autres, indemnes, demeurèrent incapables d'émettre le moindre son.

Blessé au cou, Soso restait silencieux. Il observa les hôtesses de l'air ouvrant les issues de secours et l'implorant du regard d'autoriser les passagers à fuir. Ceux-ci croyaient que c'était le seul moyen d'être sauvés, mais ils reçurent une nouvelle salve de tirs dès qu'ils sortirent de l'avion. Irina Khimitch, l'une des survivantes, se révéla particulièrement intègre : nul ne réussit à la convaincre de changer son témoignage dans lequel elle racontait exactement ce qu'elle avait vu. Les soldats soviétiques ne se contentèrent pas d'abattre les passagers et les membres de l'équipage qui étaient sortis de l'appareil, mais tentèrent également de neutraliser tous ceux qui étaient encore à bord.

Voilà pourquoi les pirates de l'air hurlèrent aux passagers de montrer leurs mains aux hublots pour mettre fin aux tirs. Hélas, cela ne servit à rien – la plupart d'entre eux furent blessés à la paume des mains.

Après l'atterrissage à Tbilissi, Paata fut le seul à garder son calme, tentant même de remonter le moral des autres. Sa motivation lui venait peut-être du fait que son frère, blessé, l'avait supplié d'abréger ses souffrances et de l'achever. Soso aussi lui avait demandé de l'abattre dès que les forces spéciales donneraient l'assaut. Paata était lui-même touché à la jambe. Il ne s'agissait que d'une blessure légère et il avait encore suffisamment de force pour marcher. Plus tard, des témoignages révélèrent que quelques passagers l'avaient aidé à panser sa jambe, l'une d'entre eux aurait même arraché l'ourlet de sa robe pour en faire un bandage.

Quoi qu'il en soit, on sait que Paata se déplaça à travers l'avion jusqu'au dernier moment tout en criant plus que les autres, particulièrement lorsque les passagers se mirent à essuyer les coups de feu des soldats tirés depuis l'extérieur. On rapporta que Paata leur aurait crié qu'eux, les pirates, savaient qu'ils mouraient pour avoir tenté d'être libres, mais que les voyageurs innocents périssaient pour rien.

En plus des cris, Paata jurait et se montrait très agressif. Lors de son interrogatoire, il justifia son comportement en expliquant que lui et ses amis devaient instaurer un climat de peur afin que les passagers ne se retournent pas contre eux avant l'intervention des forces de l'ordre. En outre, il devait également convaincre le gouvernement que les jeunes à bord de l'avion étaient de vrais bandits et pas simplement une bande d'étudiants un peu trop romantiques.

Contrairement aux autres, Paata croyait peut-être que la partie n'était pas encore jouée. Que tous devaient exiger que l'avion soit ravitaillé en carburant, les blessés et les morts, débarqués, avant qu'il ne s'envole pour la Turquie. C'est ce qu'ils firent. Dès que les officiers s'approchèrent de l'appareil criblé de balles pour entamer les négociations, les pirates communiquèrent leurs exigences. En réalité, celles-ci n'étaient qu'un leurre afin que les autorités gagnent du temps : en aucun cas elles n'envisagèrent de satisfaire les pirates de l'air. Elles devaient les occuper, en attendant l'arrivée de l'unité des forces spéciales venue de Russie, souvent appelée pour des opérations de lutte antiterroriste. Jusque-là, elles tenteraient de se servir des parents des pirates de l'air pour négocier avec eux.

Ces derniers furent conduits à l'aéroport, mais pour une raison quelconque le gouvernement changea d'avis. Il pensait que ces jeunes induits en erreur seraient plus enclins à écouter le Premier secrétaire du Comité central plutôt que leurs propres parents. Ainsi, celui-ci s'adressa à eux d'une voix paternelle en les exhortant à déposer les armes et à se rendre.

Cette approche fut fatale pour Soso qui, debout dans l'ouverture de la porte, rassembla ses dernières forces pour insulter le haut fonctionnaire : il aurait dit qu'en arrivant en Amérique il porterait une *tchokha*, l'habit traditionnel du Caucase, de couleur blanche, lors de son audience avec Reagan, et qu'il lui raconterait tout sur l'Union soviétique et sur les agissements de son gouvernement…

De l'avis général, c'est cette insulte qui décida le gouvernement à interdire aux médecins de s'approcher de Soso et à le laisser mourir d'une hémorragie en quelques heures.

Pendant ce temps, d'autres passagers de l'avion perdaient aussi beaucoup de sang, mais les blessés ne furent pas évacués en ambulance en dépit des demandes répétées des pirates de l'air. Ce qui les surprit et fut pour eux une preuve supplémentaire de la froideur des autorités soviétiques et de leur absence de compassion pour ces citoyens innocents.

Le calcul du gouvernement, précis et cruel, était tout autre : plus il y aurait de blessés, pensaient-ils, plus cela jouerait en leur faveur, puisque les cris de ces derniers dans leur agonie empêcheraient les pirates de l'air de réfléchir calmement.

Mais il n'y avait plus de place pour la logique, même si l'assaut des forces de l'ordre ne fut donné que quatorze heures après l'atterrissage. On peut facilement imaginer la situation à bord de l'avion durant ces longues heures. Dans ces conditions difficiles, quelques passagers essayèrent de se réconforter, certains réussirent même à quitter l'appareil, probablement avec l'accord des pirates. Ils permirent à deux amies de Tina de sauter, et suggérèrent à celle-ci et à Guéga de quitter le jeu, qui n'en était, du reste, plus un depuis longtemps.

Une pièce du jeu, cependant, était toujours à bord : la paire de nunchakus dont l'un des pirates de l'air était armé. Ce détail ne fut pas mentionné au cours du procès. Les autorités géorgiennes crurent, à juste titre, que cette révélation témoignerait de la naïveté des pirates. Le gouvernement communiste, qui prévoyait d'instaurer un climat de haine et de mépris sans limite envers ces jeunes, estima donc que signaler la présence des nunchakus, avec leur connotation si puérile, atténuerait l'indignation publique tant désirée. (Plus tard, lors du procès, le gouvernement mit tout en œuvre pour que les pirates de l'air soient méprisés ; il alla jusqu'à raconter qu'ils étaient partis à la chasse aux enfants parmi les passagers afin de leur couper les oreilles et de les manger devant leurs pauvres mères.) Naïveté aussi des pirates lorsqu'ils envoyèrent des passagers négocier avec les autorités. Réalisant qu'ils ne revenaient pas, signe, selon eux, d'un malentendu, ils en envoyaient d'autres.

Ils n'avaient guère le choix. Enfin, lorsqu'un passager ne reparut pas, alors même qu'ils l'avaient envoyé sous la menace de tuer son frère s'il ne remontait pas à bord, ils découvrirent qu'on les avait dupés.

La seule personne qui menait les pourparlers avec les pirates (même s'il s'agissait simplement d'un autre stratagème pour gagner du temps) était un employé de l'aéroport. Il leur fournissait des explications ridicules auxquelles ils crurent pourtant. Par exemple, le refus de la Turquie d'accueillir l'avion, ou le consentement de l'Iran sous condition de faire le plein de carburant. Les pirates n'acceptèrent que la seule destination d'Israël et imposèrent que le personnel au sol remplisse le réservoir en caleçon.

Le gouvernement fit traîner les négociations en invoquant diverses raisons. Pendant ce temps, les membres des forces spéciales russes étaient allongés sur le toit de l'appareil à attendre le feu vert sous une pluie battante. De plus en plus agacés par l'eau et le froid, ils attendaient impatiemment l'ordre d'intervenir, mais celui-ci tardait à venir – jusqu'à ce que Tina apparaisse à la porte de l'avion, une grenade à la main. Pour le chef de l'opération, il était évident qu'une grenade brandie par une femme présentait un danger bien plus grand que toutes les tentatives précédentes.

Une fois l'opération terminée, nul ne se rappela cet instant où Tina était apparue. Cette scène serait-elle le pur produit de l'imagination de quelques-uns ? Quoi qu'il en soit, avant que tout s'achève, elle demanda à Guéga de lui passer la grenade.

« Elle est factice, l'avertit Guéga, sans sourire, car il n'en avait plus la force.

— Je sais », répondit Tina avant de l'embrasser, de la lui prendre des mains et de se diriger vers la porte de l'avion.

L'intervention ne dura que sept minutes. D'abord, ils remplirent l'appareil d'une sorte de gaz, puis ils éjectèrent les passagers sur le tarmac. Lorsque les prisonniers furent escortés jusqu'au bâtiment principal de l'aéroport dans lequel les attendaient des membres du gouvernement et des généraux du KGB, un haut fonctionnaire donna un coup de pied dans le ventre de Soso. Celui-ci tomba au sol et le haut fonctionnaire lui assena un second coup de pied devant le Premier secrétaire du Comité central, songeant qu'il n'allait quand même pas rater cette incroyable chance de s'insinuer dans les bonnes grâces de Chevardnadzé.

La pluie tombait toujours sur Tbilissi. L'automne touchait à sa fin et tous les habitants de la capitale savaient déjà que des étudiants géorgiens avaient tenté de détourner un avion…

Rendez-vous

Tbilissi et toute la Géorgie se déchirèrent en deux camps : certains furent scandalisés par ce qui s'était produit, mais personne n'en connaissait les détails. Dans l'urgence, le gouvernement manipula l'opinion publique en sa faveur par le biais des médias. C'est en maître absolu de ces derniers qu'il présenta les pirates de l'air comme des monstres et des bandits avant le début de l'enquête.

C'était indispensable, car l'attitude antisoviétique d'une partie de la société commençait à émerger. Certains avaient commencé à défendre et justifier les actes des pirates. Voilà pourquoi, en plus de la propagande télévisée, le gouvernement fit usage de la bonne vieille méthode bolchevique : organiser des réunions publiques au sein de chaque organisation durant lesquelles leurs ouvriers et leurs employés condamnèrent fermement le détournement de l'avion et adoptèrent des résolutions exhortant le pouvoir à punir sévèrement ces bandits et ces traîtres. L'intention la plus perfide du gouvernement était de rendre le public lui-même responsable du jugement sanguinaire à venir, et non plus les autorités. Peu de gens à cette époque-là auraient pu imaginer que la justice soviétique serait si impitoyable, surtout envers des jeunes. Une partie de la population était consciente que les dirigeants n'épargneraient personne pour un tel crime et qu'il imposerait une punition exemplaire, ne serait-ce que pour intimider les autres.

Il n'était guère nécessaire d'enquêter et de rassembler des preuves, cela va de soi. Néanmoins certaines questions devaient être évoquées. Le Comité central se demanda longtemps à qui imputer le rôle de chef de cette bande de terroristes. Le Comité examina plusieurs possibilités, y compris l'implication des parents, mais il finit par choisir la solution la plus optimale pour le pouvoir. Deux semaines plus tard, le père Théodore fut arrêté et accusé d'avoir été la tête pensante du groupe. Le fait qu'il ne soit jamais monté à bord de l'avion ne signifiait rien, ni pour les enquêteurs ni pour le gouvernement. Ce qui comptait en priorité pour les autorités géorgiennes était qu'un religieux, membre du clergé, soit déclaré coupable. Ainsi, elles montreraient publiquement aux jeunes Géorgiens et au pays comment finissent ceux qui s'intéressent à la religion : mal.

Depuis le jour du détournement raté de l'avion, le père Théodore priait avec ferveur pour les morts et les survivants, isolé dans sa retraite. Il ne chercha pas à se cacher. C'est dans son monastère, couvert de neige, que la police le trouva.

« Vous êtes en état d'arrestation ! » lui annoncèrent les policiers, mais il sourit à ces mots. Le plus zélé des agents du KGB présents ce jour-là jugea que ce sourire était une insulte au gouvernement soviétique et interpella le moine devant tout le monde de sa voix la plus autoritaire :

« Qu'est-ce qui te fait sourire ? »

Le père Théodore ne répondit pas à l'agent. Il indiqua simplement de sa main droite la porte de sa modeste cellule.

« J'ai des livres et des affaires juste là. Je vais les chercher, dit-il.

— Vous n'en aurez plus l'utilité », lui rétorqua un autre officier.

Lorsqu'il fut conduit de force hors du monastère, le moine se souvint de Dato, plus précisément du dernier jour où il avait vu son ami – celui qui s'était suicidé et qui avait le plus besoin de ses prières maintenant…

Le moine, qui croyait au secret de la confession, fut directement enfermé dans les geôles du KGB pour y être interrogé. La pièce dans laquelle l'attendait l'enquêteur se situait tout au bout d'un labyrinthe en sous-sol. Le père Théodore fut donc escorté le long d'interminables couloirs souterrains et sentit bientôt une certaine fatigue l'envahir lorsqu'ils arrivèrent enfin à destination. Il pensa d'abord que l'homme qui l'invita à s'asseoir n'était pas un enquêteur. En effet, la première phrase de son interlocuteur ne collait pas avec sa fonction :

« Ces salauds ont dû t'agacer plus que tous les autres.

— Excusez-moi, mais je ne vous comprends pas.

— Je ne comprends pas non plus qu'on laisse le chef en dehors de ça.

— Je n'ai jamais été leur chef, je suis leur père spirituel.

— Père spirituel ou prêtre attitré, quelle différence cela fait-il s'ils vous désignent tous comme le chef de la bande ?

— C'est surprenant.

— C'est également ce qui me surprend : comment ont-ils pu délibérément vous laisser en dehors de ça, vous, le chef ?

— Désolé, mais je ne vous comprends vraiment pas.

— Je te l'ai déjà dit, mec. Je ne comprends pas non plus. Quel est l'intérêt de lâcher le leader ? Tu as travaillé dur, tout préparé et, au dernier moment, ces bâtards ont décidé de partir sans toi.

— Je n'ai jamais eu l'intention d'aller quelque part.

— Ça n'a pas d'importance. Ces salauds auraient dû te dire quelque chose. Après tout, c'était toi le cerveau de la bande.

— Je suis un moine.

— C'est exactement ce que je suis en train de te dire ! T'es un moine, et ils t'ont roulé dans la farine comme un gamin ! La moindre des choses serait de te dire un mot.

— Je ne sais pas de quoi vous parlez.

— Ils te doivent une réponse, mec ! Ils t'ont blessé dans tous les sens du terme.

— Je vous ai déjà dit que je n'avais pas l'intention d'aller où que ce soit. Ils le savaient très bien, alors pourquoi m'auraient-ils dit quand ils allaient prendre l'avion ?

— Allez mec, quand tu fais une chose pour laquelle tu peux être exécuté, tu devrais au moins respecter le principe de subordination, non ?

— De quelle exécution parlez-vous ?

— De tous ceux qui méritent d'être fusillés.

— Ils n'ont tué personne.

— Ils ont massacré la moitié des passagers de l'avion, tellement d'innocents sont morts...

— Mais ils n'ont tué personne.

— Et donc ? C'est peut-être moi qui les ai tués ?

— Ce n'est pas ce que j'ai dit, mais vous savez parfaitement qu'ils n'ont pas tiré sur les passagers.

— Tu te fous de ma gueule ? Tu les a envoyés faire le boulot, alors t'aurais au moins pu te renseigner sur les résultats, non ?

— Je n'ai envoyé personne faire quoi que ce soit. J'ai toujours été, et je le serai toujours, catégoriquement contre toute forme de violence...

— Ce détournement d'avion a été préparé dans ton monastère et nous avons des preuves irréfutables.

— Impossible.

— Nous aussi, on avait du mal à croire qu'il serait possible d'échafauder un truc pareil, surtout depuis un monastère ! Tu vas peut-être aussi nier qu'ils venaient te rendre visite ?

— Je ne le nie pas. Ils venaient souvent me voir au monastère...

— Et pourquoi venaient-ils te voir malgré la distance ? Il n'y a pas assez d'églises à Tbilissi ?

— Dieu merci il y a beaucoup d'églises à Tbilissi, mais ils avaient besoin d'un père spirituel, comme nous tous.

— Et c'est quoi, un père spirituel ? Quelqu'un qui planifie le détournement d'un avion ?

— C'est quelqu'un qui aide les autres dans la recherche de la vérité.

— Ben ça, tu l'as réussi ! Ils penseront à toi avant de se prendre une balle…

— Mais ils n'ont tué aucun passager. Il n'y a pas encore eu de procès ni de verdict et vous…

— Le jugement, c'est eux qui l'ont écrit ! Et tu sais quand ? Quand ils sont montés à bord de l'avion.

— Je n'ai jamais mis les pieds à bord de cet avion.

— Et alors ? On s'en fout. Tu leur as dit d'y aller. Tandis qu'eux ils t'ont lâché et ne t'ont même pas prévenu quand ils allaient partir.

— Je ne voulais pas y aller.

— Eh ben ça aggrave ton cas ! Parce que tu ne voulais pas le faire toi-même, tu en as envoyé d'autres vers la mort ?

— Je n'ai jamais envoyé qui que ce soit où que ce soit.

— Je ne sais pas, mec, tout le monde t'a désigné comme étant le chef.

— Je ne vous crois pas.

— Nous non plus, on ne croyait pas qu'un moine aurait pu préparer le détournement d'un avion, mais te voilà assis en face de nous, n'est-ce pas ?

— Vous voulez me faire porter le chapeau du chef ?

— On veut qu'un moine admette quelle mauvaise influence l'Église peut avoir sur nos jeunes. On ne peut pas se permettre de les sacrifier…

— Mais s'ils sont déjà condamnés, si leur destin a déjà été scellé et s'ils sont fusillés quoi qu'il arrive, alors pourquoi vous faut-il mes aveux ?

— C'est ça, le truc, mec. T'as l'air intelligent, donc tu peux comprendre que si tu avoues tout, les autres éviteront peut-être l'exécution. T'as quel âge ?

— J'ai eu trente-trois ans aujourd'hui. »

Soudainement, l'enquêteur se leva et, à la grande surprise du père Théodore, le prit dans ses bras et lui souhaita un joyeux anniversaire.

« N'est-ce pas mieux comme ça ? Réfléchis, mec. Tu n'es plus un petit garçon. »

Le père Théodore se leva à son tour. Le garde qui, une heure auparavant, l'avait amené dans cette salle infernale le raccompagna jusqu'à sa cellule.

À Moscou, nul ne faisait confiance aux enquêteurs géorgiens et une commission spéciale fut envoyée à Tbilissi afin d'enquêter sur le détournement de l'avion. Le Kremlin suspectait que les communistes géorgiens épargneraient les étudiants et que l'enquête serait bâclée – à tort. Les autorités géorgiennes prononcèrent un verdict plus sévère encore que celui suggéré par Moscou. N'était-ce pas le meilleur moyen de prouver que la Géorgie soviétique était un serviteur loyal et dévoué au Kremlin ?

À cette époque-là, les membres d'une commission spéciale envoyée par Moscou étaient considérés comme des visiteurs privilégiés, accueillis exactement comme les Russes l'espéraient. Ils adoraient la Géorgie pour sa cuisine, ses plats, ses vins et ses cognacs, et leurs hôtes ne manquèrent jamais de répondre à leurs exigences. La Géorgie a toujours été un pays très accueillant. Personne n'allait priver ces visiteurs de cette célèbre hospitalité. Les invités testèrent toutes les boissons jusqu'à ne plus pouvoir tenir debout. Les Géorgiens les servirent encore et encore, les remplirent comme des outres, et lorsque les membres de la commission spéciale furent ivres morts, ils les couchèrent avec toute la sollicitude qui caractérise l'hospitalité géorgienne.

Voilà pourquoi Guéga ne fut guère surpris de découvrir à la table d'un enquêteur quelques bouteilles de bordjomi, la célèbre eau minérale contre la gueule de bois. En revanche, ce jour-là, il s'étonna de constater qu'il serait interrogé par deux hommes : l'un avait tout du vieil enquêteur géorgien habituel, l'autre était nouveau, un enquêteur russe, que ses maux de tête faisaient tellement souffrir qu'il était peu probable qu'une simple bouteille de bordjomi puisse le soulager. Les Russes adorent la bordjomi. Celui-ci en vida plusieurs bouteilles en mangeant des cornichons. L'enquêteur géorgien usa d'un sourire narquois pour en offrir un verre à Guéga. Ce dernier refusa, arguant qu'il était temps de passer aux questions.

« Je vous écoute », dit Guéga pour qui le moment était désagréable, même si, comme à chaque interrogatoire, il espérait toujours apercevoir, ne serait-ce qu'au bout d'un couloir, Tina ou l'un de ses amis.

L'enquête dura neuf mois pendant lesquels les pirates de l'air subirent un interrogatoire quasi quotidien, au cours duquel ils ne se virent jamais. Ils n'eurent pas non plus le droit de voir leurs familles, même une fois. Ils étaient tellement isolés qu'ils ignoraient tout les uns des autres avant le début du procès.

Il n'y eut qu'une seule exception, le jour où, précisément, Guéga se retrouva devant les deux enquêteurs. Comme toujours, le gardien lui ordonna de se mettre face au mur avant d'entrer dans la pièce. Il n'était nul besoin de le lui rappeler, puisqu'il avait déjà été maintes et maintes fois interrogé. C'est donc machinalement qu'il mit ses mains dans son dos et obéit aux ordres.

Or soudain, sur ce mur, il découvrit en levant la tête les paroles de la chanson en anglais qu'il écoutait souvent avec Tina. Seuls deux mots y étaient griffonnés : « *wish you* ».

Guéga ne se rappelait plus si ces mots correspondaient au titre ou au refrain de la chanson, mais il était certain qu'ils en étaient extraits. Ils avaient été tracés à la hâte, d'une main rapide, et les lettres étaient si petites que Guéga en vint à la seule conclusion possible : si Tina était l'auteur de ces mots, comme Guéga le devinait à l'écriture précipitée, alors il devait finir cette phrase, sur ce mur, et il recevrait une réponse. Ce jour-là, il était tellement excité qu'il ne parvint pas à suivre l'interrogatoire. Il ne pensait qu'à une chose : voler le stylo posé sur la table de l'enquêteur, ce stylo dont il avait besoin par-dessus tout.

Guéga était assis dans la pièce, mais son esprit était ailleurs, près du mur dans le couloir, et, pour la première fois depuis son arrestation, il se sentit heureux, ou proche de l'être.

L'enquêteur géorgien remarqua l'étrange excitation du prisonnier, et lui dit :

« Tu as l'air heureux aujourd'hui.

— Heureux ?

— Oui, ou du moins satisfait.

— Et de quoi serais-je satisfait ?

— C'est justement ce qui me turlupine.

— Vous vous trompez. C'est juste votre impression.

— Nous n'avons jamais de fausses impressions. Toi, tu avais l'impression qu'on tournait un film à bord de l'avion et que tu avais le rôle principal, grenade à la main…

— Je vous ai déjà dit que je regrette sincèrement ce qui s'est passé, et puis de toute façon la grenade était factice.

— Alors vous avez tué tous ces gens avec des jouets ?

— Nous n'avons tué personne.

— Ils se sont tous suicidés, c'est ça ?

— Il n'y a que Dato qui se soit suicidé.

— Nous avons déjà discuté de tout ça, et tu devais y réfléchir.

— Réfléchir à quoi ?

— Tu étais censé nous dire qui était le meneur de votre bande.

— Comme je vous le répète depuis le début, nous n'avions pas de chef.

— Tous les gangs ont un chef.

— Pas nous.

— Je comprends. Tu ne veux balancer personne. Mais la cour exige que tu lui donnes un nom.

— Mais que voulez-vous que je vous dise ?

— Le chef ! Dis-nous qui était le chef ! Deux d'entre vous sont morts, alors tu peux désigner l'un d'entre eux.

— Comment je pourrais faire ça à un ami ? s'écria Guéga.

— Ils sont morts. Ils ne le sauront jamais.

— Mais moi, je saurai que c'est un mensonge… Nous n'avions pas de chef.

— Alors qui est ce moine ? demanda l'enquêteur.

— Juste un moine.

— Juste un moine ? Ou le meneur de votre bande ?

— S'il avait été notre chef, il aurait été à bord de l'avion.

— Juste entre nous, c'est une belle saloperie de votre part ! Cet homme vous a aidés à tout préparer, et vous l'avez abandonné. C'est la première fois que je vois un chef se faire exclure d'un plan.

— Le moine ne savait rien.

— Tes conneries, tu peux les garder pour lui, dit l'enquêteur géorgien en indiquant discrètement son collègue russe – mais avec moi, n'essaie même pas ! Je suis ton ami, alors tâche de comprendre et réponds-moi en ami. Tu sais très bien que ça ne se fait pas, mec. Comment c'est possible ? Cet homme t'encourageait, mais n'est pas monté avec vous à bord de l'avion. Pourquoi serais-tu le seul responsable de tout ce qui s'est passé ?

— Le moine ne savait rien », répéta Guéga, d'une voix totalement indifférente, tout comme il se moquait de savoir si oui ou non le jeune enquêteur géorgien le croyait. Chacune de ses pensées était rivée au mur, juste à côté de la porte, là où quelqu'un avait écrit ces deux mots en anglais.

« C'est pour ton bien que je te dis tout ça, mec, alors réfléchis-y », dit encore une fois le jeune enquêteur à son prisonnier avant de se lever.

Guéga était très heureux de voir que son interrogatoire se terminait si tôt aujourd'hui, d'autant que le seul stylo qui allait lui permettre de communiquer avec Tina était déjà en sa possession.

Une fois dans le couloir, lorsque le gardien lui demanda de se tenir face au mur, Guéga réussit à y écrire deux mots supplémentaires sous ceux de Tina grâce au stylo caché dans sa manche : « *were here* ».

Plus tard, sur le chemin de sa cellule, Guéga pensait déjà à sa prochaine séance de questions, car il voulait revoir l'inscription sur le mur. De nouveaux mots apparaîtraient en dessous si la phrase avait bien été écrite par Tina.

Cette nuit-là, Guéga se sentait très joyeux, comme s'il attendait avec impatience un grand bonheur. Il eut beaucoup de mal à trouver le sommeil, comme les nuits précédentes, mais cette fois-ci parce qu'il était trop heureux pour s'endormir.

À l'aube, alors qu'il s'était enfin convaincu de cesser de penser à Tina et de s'endormir coûte que coûte, il se rappela son interrogatoire, et ses résolutions volèrent en éclats. Il ne comprenait pas pourquoi son enquêteur avait été remplacé et, de manière plus générale, pourquoi l'enquête avait été confiée à quelqu'un de si jeune et de si peu expérimenté. Peut-être l'avaient-ils fait exprès, supposant qu'un enquêteur de son âge parviendrait plus facilement à lui parler et à le faire craquer ? Guéga n'avait rien à ajouter à ses déclarations ; plus précisément, il n'avait rien à cacher aux enquêteurs et tout s'était vraiment déroulé comme il l'avait dit. Aussi, cette nuit-là, Guéga songea que rien ne fonctionnait dans l'Empire soviétique, même les enquêtes. Il resta éveillé longtemps, et ne s'endormit qu'au lever du soleil…

Les frères

Parmi les prisonniers, Paata Iveriéli était le plus obstiné. Il refusait de répondre aux questions des enquêteurs et, les rares fois où il y consentait, c'était en quelques mots et de manière très évasive. Il avait eu beaucoup de chance de s'en sortir, car lorsqu'il était descendu de l'avion les agents du KGB tiraient sur l'appareil. Les forces spéciales avaient eu la présence d'esprit de faire bouclier avec leurs corps équipés de gilets pare-balles. Pour elles, il s'agissait d'une question de dignité professionnelle : c'étaient tout de même elles qui avaient arrêté et menotté le pirate.

Depuis sa cellule, Paata réfléchissait aux raisons pour lesquelles les autorités l'avaient condamné à mort dès l'aéroport (sans se donner la peine d'attendre une décision de justice) et à la manière dont on avait failli l'abattre lors de sa descente de l'avion. Il soupçonnait qu'on l'avait confondu avec son frère Kakhaber, l'unique survivant parmi ceux qui s'étaient introduits dans le cockpit. Kakhaber était un danger aux yeux du gouvernement – il pouvait en effet connaître la vérité. Mais Paata supposa que si les agents du KGB avaient été si déterminés à le tuer sur la passerelle, c'était probablement parce que les otages, qui avaient été libérés, l'avaient décrit comme étant le plus actif des pirates de l'air.

S'il avait su avec certitude qu'on lui avait tiré dessus à cause de son frère, Paata ne se serait pas senti si amer, car les deux hommes s'adoraient. L'idée de fuir l'Union soviétique en détournant un avion avait même été reportée, Kakhaber Iveriéli ayant catégoriquement refusé de quitter le pays sans son petit frère.

Contrairement à Guéga, l'interrogatoire de Paata fut mené par un enquêteur d'âge mûr, expérimenté et réputé, qui consigna patiemment un nombre incalculable de fois ses réponses vagues et inutiles.

Le jour où Paata eut une soudaine douleur à l'estomac, il se retrouva confronté à un jeune enquêteur, aux antipodes du précédent, qui lui adressa un sourire amical et lui offrit une cigarette.

Paata l'alluma sans un mot. Puis l'enquêteur brisa la glace.

« Nous venons du même quartier.

— Je ne te reconnais pas.

— Ce n'est pas surprenant. Toi et ton frère avez étudié à Moscou, tandis que je suis allé à l'université de Vladivostok.

— On a peut-être été au même jardin d'enfants, suggéra Paata en souriant.

— C'est possible, répondit l'enquêteur. On vivait dans le même quartier et on a dû fréquenter le même jardin d'enfants, car je me rappelle très bien qu'il y avait des frères dans ma section.

— Je ne suis pas allé au jardin d'enfants. Je n'aimais pas leur soupe à l'oignon.

— Et ton frère ?

— Lui non plus. Il n'aimait pas leur purée de pommes de terre.

— Je l'ai vu l'autre jour, mais il ne m'a pas parlé de purée.

— Tu le vois souvent ?

— Quand je veux. Lorsque c'est nécessaire.

— Et comment il va ?

— Il va bien pour un prisonnier. J'essaie de m'occuper de lui. Après tout, nous sommes voisins, non ?

— Il est ici ? Dans ce bâtiment ? demanda Paata.

— Je te dis qu'il va bien. »

En réalité, Paata n'avait pas la moindre idée de l'endroit où il était retenu, mais il se doutait qu'il s'agissait de la prison du KGB, derrière l'ancien bâtiment de la poste, sur l'avenue Roustavéli, là où on gardait les prisonniers politiques avant leurs procès. La façade de cette prison ne laissait cependant rien paraître depuis l'extérieur, puisque les cellules étaient situées dans un labyrinthe souterrain. Chaque fois que Paata passait devant l'entrée de l'ancien bureau central de la poste, il s'arrêtait pour regarder les impacts de balles dans le mur, toujours visibles depuis le meurtre de ces pauvres étudiants géorgiens le 9 mars 1956[1].

---

1. Référence aux manifestations antigouvernementales qui éclatèrent en Géorgie du 4 au 9 mars 1956. La plupart des manifestants étaient

« Quand est-ce que tu le reverras ? demanda Paata à l'enquêteur sans espérer recevoir une réponse honnête.

— Tu veux que je lui transmette un message ?

— Tu le ferais ?

— Je lui rapporterai tout ce que tu voudras.

— Dis-lui que je vais bien, c'est tout.

— Rien d'autre ?

— Non.

— Ne sois pas timide. Si tu veux que je lui passe quelque chose de ta part, n'hésite pas.

— Non, c'est tout.

— Si tu veux signaler quelque chose à ton frère avant le procès ou le prévenir, enfin tu vois… Je te dis ça en tant qu'ami, insista l'enquêteur.

— Dis-lui juste ce que je t'ai dit. C'est tout.

— Je veux dire : c'est mieux pour vous, les gars ; si l'un de vous deux déclare quelque chose lors du procès et que l'autre le contredise… Tu vois ? Je dis ça pour vous.

— Le procès ne révélera rien de nouveau. Tout le monde sait ce qui s'est vraiment passé.

— Oui, c'est ce qu'on croyait jusqu'à ce qu'on découvre que vous aviez un chef, un moine…

— Quel moine ? demanda Paata.

— Le père Théodore.

— Qu'est-ce que c'est que cette histoire ?

— Il a avoué.

---

des jeunes, en majorité des étudiants. Le 9 mars, lors d'un affrontement, la troupe fit feu et provoqua la mort de plus de cent personnes. Pour plus de précisions, voir le site https://doi.org/10.4000/monderusse.8825

— Sous la torture !

— Allez, comment peux-tu dire ça ? s'exclama l'enquêteur. À quoi bon le torturer maintenant ? Il serait capable de dire une chose maintenant et une tout autre au procès. C'est exactement ce que nous voulons éviter.

— Comment a-t-il pu avouer, alors qu'il n'a pas mis un pied à bord de l'avion et qu'il ignorait tout ?

— C'est bien ce qui nous surprend. Et tu sais ce qui me surprend également ? De toi à moi, comment a-t-il pu rester au monastère et vous envoyer comme des moutons à l'abattoir ?

— Mais il ne savait rien de l'avion ! répéta Paata.

— Parce que vous ne lui avez rien dit, voilà pourquoi.

— Même si on l'avait fait, il aurait été contre.

— Je ne sais pas. En ce moment il raconte des choses très différentes.

— Comme quoi ?

— Qu'il a tout organisé. Alors dis-moi : quel type avouerait un truc pareil sans être vraiment coupable ?

— Il ment, insista Paata.

— Pourquoi le ferait-il ?

— Parce qu'il veut nous sauver.

— Donc ça doit être lui qui a tout manigancé.

— Ce moine n'avait rien à voir avec nous. Il n'était même pas à bord de l'avion.

— Il dit que c'est lui qui a tout planifié, mais…, poursuivit l'enquêteur.

— Mais quoi ?

— Si l'un d'entre vous confirme sa version lors du procès…

— Vous ne trouverez personne pour le faire, puisque le moine était contre l'idée de détourner un avion.

— Tiens, tiens, tu affirmais tout à l'heure qu'il ignorait tout de l'affaire. Je veux t'aider, mec, et je t'explique tout ça parce que nous sommes voisins. Je dois pouvoir montrer mon visage dans le quartier après et j'ai des enfants qui grandissent.

— Ce moine est innocent et je ne vous aiderai pas.

— Non, c'est toi-même que tu dois aider, personne ne t'a demandé de nous aider, répliqua l'enquêteur. Maintenant, retourne dans ta cellule et réfléchis à mes paroles. Et n'oublie pas : je suis là pour toi. On est du même quartier, c'est un peu mon devoir de t'aider, donc n'hésite pas si t'as besoin de quoi que ce soit.

— De quoi j'aurais besoin ? demanda Paata.

— J'en sais rien, mais on est des hommes et on a tous les deux des tas de trucs à régler. Il m'arrive aussi d'être crevé au point de ne pas pouvoir m'en sortir sans aide entre le boulot, la famille et tous les imprévus. Personne peut affirmer que je suis un drogué, mais tu le sais bien, mec, de temps en temps un peu de came, ça fait pas de mal.

— Je n'ai besoin de rien.

— Je sais, mec, c'est juste que ton médecin m'a signalé que tu avais des douleurs et je peux te procurer des médicaments.

— Je n'ai besoin de rien, insista Paata.

— Comme tu veux, mec. J'essaie juste de t'aider parce qu'on est potes.

— Je n'ai besoin de rien. »

Paata se leva avec un sourire et l'enquêteur appela le gardien. Il poursuivait sa conversation avec le prisonnier lorsque ce dernier sortit de la pièce sans plus l'écouter. Il pensait à sa douleur. Il s'était senti mal depuis le dîner de la veille (si tant est qu'on puisse qualifier cela de dîner) et il se demandait comment l'enquêteur était au courant, puisqu'il n'en avait parlé à personne. De retour dans sa cellule, il voulut voir un médecin, qui, naturellement, n'avait pas d'antidouleur sur lui et encore moins pour ce dont il souffrait…

Lorsque les gardiens annoncèrent à Guéga qu'il était attendu pour un nouvel interrogatoire, ils s'étonnèrent de son enthousiasme. Guéga semblait si pressé dans le couloir qu'un des geôliers dut le réprimander plusieurs fois, mais il fit la sourde oreille. Il ne pensait qu'au mur sur lequel était tracée la réponse de Tina. De sorte que, lorsque les gardiens lui ordonnèrent de se tenir face au mur, son cœur battait aussi vite que lors de leur premier rendez-vous.

À côté des deux mots anglais qu'il avait écrits quelques jours auparavant, il y avait en petites lettres, mais bien lisibles, le début d'un vers du *Chevalier à la peau de tigre*[1] de Roustavéli que Tina lui avait lu à voix haute une fois : « Ici dans cette tour… »

Guéga inscrivit rapidement la suite du vers en guise de réponse : « qui est ma prison… ».

1. Chota Roustavéli, *Le Chevalier à la peau de tigre*, Gallimard, 1989. Ce livre est l'épopée fondatrice de la culture géorgienne. Roustavéli aurait achevé ses jours loin de sa patrie, dans le monastère géorgien de la Sainte-Croix à Jérusalem, où il serait enterré, ainsi que le laissent supposer une fresque et une inscription murale portée sur un pilier de ce couvent.

Lors de l'interrogatoire, il ne prêta aucune attention à ce que lui dit l'enquêteur. Il ne remarqua pas davantage que celui-ci avait encore été remplacé par un collègue, plus âgé cette fois. Au lieu de cela, il se rappelait la nuit au cours de laquelle Tina avait ouvert l'exemplaire du *Chevalier à la peau de tigre*, rangé sur une étagère de la bibliothèque de la maison qu'ils avaient louée au bord de la mer Noire.

Ils s'étaient étendus près de la vaste fenêtre pour contempler la mer. Cette nuit-là, la lune avait été si grande, si claire qu'ils n'avaient pas même éprouvé le besoin d'allumer une bougie pour lire.

Tina avait eu une idée.

« J'ouvrirai *Le Chevalier à la peau de tigre* au hasard, sans regarder, et je lirai le passage qui se dévoilera sous mes yeux. Puis ce sera ton tour. »

C'est à ce moment-là, alors que Guéga se tenait dans une salle d'interrogatoire, qu'il se souvint que Tina était tombée du premier coup sur ce vers : « Ici dans cette tour qui est ma prison… »

Pendant ce temps-là, l'enquêteur se demandait comment le prisonnier, accusé d'un tel crime et encourant la peine de mort, pouvait montrer un visage si heureux. Il ignorait également que pour Guéga il s'agissait du jour le plus merveilleux de sa vie – il était sûr, à présent, que Tina était en vie, qu'elle se portait bien et surtout qu'elle n'était pas seule. Ils étaient deux : Tina et le petit, qu'elle portait encore, étaient dans les geôles du KGB à Tbilissi. Guéga ne savait pas exactement dans quelle cellule étaient incarcérés sa femme et son enfant, mais pour lui l'essentiel était de savoir qu'ils étaient vivants. Voilà ce à quoi il pensait lors de son interrogatoire, en espérant qu'il s'achèverait le plus rapidement possible afin de pouvoir se retrouver de nouveau face au mur et écrire quelques mots : « notre enfant » ou « bonjour au petit » ou « prends bien soin du bébé »...

Guéga s'imaginait aussi comment Tina devait caresser leur enfant à travers son ventre, comment ses magnifiques doigts devaient effleurer cette peau sous laquelle vivait déjà un nouvel être...

L'enquêteur, quant à lui, décida que, puisque le détenu était de si bonne humeur aujourd'hui, il en profiterait pour lui transmettre le message principal. Il ne s'attendait probablement à rien, mais on lui avait donné une mission à accomplir, si bien qu'il s'adressa directement à Guéga :

« Lors du procès tu devras confirmer que le moine était le cerveau du détournement.

— Pourquoi ?

— Parce que c'est lui qui a tout organisé.

— J'ai déjà dit que c'était absurde. Comment quelqu'un peut-il être à la tête d'une action à laquelle il s'oppose catégoriquement ?

— L'enquête a tout révélé. De nombreuses preuves confirment qu'il était votre chef. Et le moine a lui-même déjà tout avoué.

— Qu'attendez-vous de moi au juste ? demanda Guéga.

— Il faut que tu confirmes tout ça devant la cour.

— Et pourquoi moi ? Je ne le connais pas !

— Cela n'a aucune importance. Ce qui compte, c'est que l'un d'entre vous le fasse et tu es clairement le mieux placé.

— Moi ? Pourquoi ?

— Parce que ta femme attend un enfant, et selon la loi soviétique, une femme enceinte ne peut être emprisonnée.

— Vous ne respectez jamais les lois. Pourquoi le faire maintenant ?

— Nous respectons toujours la loi.

— Donc vous allez libérer ma femme ?

— Nous ne libérons pas les terroristes ! s'écria l'enquêteur.

— Je ne comprends pas. Qu'êtes-vous en train de m'expliquer ?

— Je crois avoir été parfaitement clair. Tu comprends bien que le sort de ton enfant dépend de ton témoignage lors du procès...

— Et que se passera-t-il si je refuse de dire ce que vous me demandez ?

— Rien, mon garçon. C'est à toi de décider ce que tu diras. Je te conseille simplement de confirmer que le moine était votre chef...

— Mais si je refuse ? Que se passera-t-il ?

— Comme je te l'ai déjà expliqué, il ne se passera rien. Le moine sera de toute façon reconnu coupable d'avoir été le meneur de votre bande de terroristes, mais ton témoignage nous aiderait.

— Mais si je ne vous aide pas ? insista Guéga.

— Dans ce cas, nous ne pourrons plus t'aider en retour. Tu dois savoir qu'une femme enceinte a besoin de soins particuliers en prison, rappela l'enquêteur.

— Oui, mais ils vont bien, n'est-ce pas ?

— Jusqu'ici, oui, mais tu es bien placé pour connaître les conditions de détention. À tout moment, il pourrait lui arriver quelque chose qui…

— … qui pourrait lui faire perdre l'enfant ?

— Je n'ai pas dit ça, mais tu sais parfaitement qu'on ne libérera jamais un terroriste, un pirate de l'air, même si sa femme est enceinte.

— Mais l'enfant est innocent ! Il n'est même pas né ! s'écria Guéga.

— C'est exactement ce que je suis en train de te dire, mon garçon. Leur sort et leur avenir dépendent de toi.

— Si ma femme et mon enfant sortent sains et saufs, alors je dirai tout ce que l'enquête et le procès requièrent.

— Eh bien voilà ! J'ai toujours su que tu étais quelqu'un d'intelligent. Pourquoi sacrifier tant de personnes pour le compte de ce fichu moine ? »

L'enquêteur, ravi, continua à parler, mais Guéga ne l'écoutait plus. Son esprit était résolument tourné vers le mur sur lequel il devait absolument écrire de nouveaux mots : « Prends soin de notre enfant. »

De retour dans sa cellule, il réfléchit longuement à l'enquêteur à qui il devait confier, mot pour mot, le témoignage qu'on lui avait réclamé, et ainsi sauver son enfant. Ce qui comptait pour lui, en priorité, était la naissance de ce petit être dont l'arrivée était prévue avant l'ouverture du procès. À partir de ce moment, Guéga dirait toute la vérité à la cour, seulement la vérité, puisqu'il ne pouvait faire autrement. Il ne pourrait pas confirmer ce qu'on lui avait demandé de confirmer, parce qu'il s'agissait d'un mensonge :

le moine était totalement innocent et n'avait pas mis les pieds à bord de l'avion. C'est pourquoi il révélerait la vérité, mais seulement après la naissance de son enfant dans les geôles du KGB. Celui-ci naîtrait comme tous les enfants, lorsque leurs poumons se remplissent d'air pour la première fois et qu'ils ne savent pas encore qu'ils ressentent la toute première douleur de leur vie.

Guéga ignorait que ceux qui avaient pour tâche de préparer les jugements étaient beaucoup plus cruels qu'il ne l'imaginait. À dire vrai, personne ne pouvait présager du verdict, même dans cet impitoyable pays…

Le verdict

Un premier jugement officieux fut rendu avant l'ouverture du procès et appliqué quand ils réalisèrent que Guéga n'apporterait pas le témoignage dont ils avaient besoin.

Cependant, le fait que Tina soit enceinte était un problème beaucoup plus important que le témoignage de Guéga, car faire le procès d'une femme enceinte engendrerait au sein du public un sentiment de pitié et de compassion pour les pirates de l'air que le gouvernement soviétique ne pouvait en aucun cas tolérer. Les membres du Comité central pensèrent que, si l'enfant venait à naître avant le procès, cela ajouterait d'autres problèmes. Aussi prirent-ils rapidement une décision qu'ils appliquèrent la nuit même.

Ils ne réveillèrent pas Tina. Ils se moquaient bien de savoir si elle était ou non endormie, puisqu'ils allaient l'anesthésier de toute façon. De sorte que, lorsque Tina se réveilla, les yeux écarquillés de stupeur et de questions, les personnes en blouse blanche ne lui prêtèrent pas attention. De leurs mains glaciales, ils lui enfoncèrent rapidement une seringue dans les veines. Tina comprit immédiatement qu'ils étaient là pour commettre l'horreur à laquelle elle avait souvent réfléchi tout en présumant que personne n'en serait jamais capable.

Ces gens n'étaient pas humains : c'étaient des meurtriers froids, impitoyables, dont le cœur resta insensible aux plaintes désespérées de Tina, qui les supplia un par un de ne pas tuer son enfant et se débattit jusqu'à la dernière seconde avant de perdre connaissance. Le produit administré était très puissant. Les assassins échangèrent plusieurs fois des regards surpris : comment cette jeune femme pouvait-elle se démener et résister si longtemps ? Finalement, Tina ferma les yeux, épuisée et vaincue. Elle ne sentit plus rien, et ne vit rien non plus du fœtus lorsqu'il fut extrait de son ventre.

La seule chose qui la relia à ce monde fut le torrent de larmes qui dévala son visage. Des profondeurs du sommeil dans lequel elle avait été plongée, Tina pleurait…

Aucun prisonnier sur cette Terre n'aurait pu être aussi heureux que Guéga lorsqu'il fut conduit à un nouvel interrogatoire. Comme s'il se fût agi d'un rendez-vous entre amoureux. Le mur sur lequel il pouvait lire les messages de Tina était devenu l'endroit le plus merveilleux du monde.

Mais ce jour-là il n'y eut aucun nouveau message de Tina. Guéga supposa qu'on avait cessé de l'interroger ou qu'elle n'avait tout simplement pas eu le temps d'écrire. Alors il lui laissa une question sur le mur : « Comment va le bébé ? »

Quelques jours plus tard, lorsque Guéga fut conduit à un énième interrogatoire et qu'il fut placé face au mur, il n'y avait toujours rien. De nouveau, Guéga pensa qu'il pouvait y avoir plusieurs raisons à l'absence de Tina. Elle était peut-être dorénavant emmenée dans une autre salle pour être interrogée, elle ne pouvait donc plus répondre à ses messages. Guéga ressentit un étrange tremblement dans ses jambes et des gouttes de transpiration sur ses tempes.

Une fois dans la pièce, il demanda de l'eau et se mit à réfléchir à ce qui avait bien pu se produire. En vain. Il décida alors d'obtenir des nouvelles de Tina directement auprès de l'enquêteur. Guéga ne plaçait aucun espoir dans l'honnêteté de la réponse, mais il n'avait plus rien à perdre.

Il but un peu d'eau et, d'un ton qu'il voulut le plus calme possible, posa la question qui l'obsédait :

« Comment va ma femme ?

— Ta femme se porte bien.

— Est-ce vous qui l'interrogez ?

— Non, ta femme est interrogée par mes collègues.

— Alors comment savez-vous qu'elle se porte bien ?

— Je te dis simplement ce que je sais, mon garçon.

— Avez-vous des enfants ? lui demanda Guéga.

— Oui, des enfants bien élevés.

— Vous voulez dire pas comme moi ? Avez-vous déjà écrit une lettre d'amour ?

— Je crois que c'est moi qui pose les questions ici.

— Tôt ou tard, vous aurez aussi à y répondre.

— C'est à moi que tu dis ça ?

— À vous tous.

— C'est une menace ? demanda l'enquêteur.

— Moi, je ne peux probablement plus rien faire, mais d'autres vous demanderont des comptes.

— Pour quoi ?

— Pour tout.

— Vous devriez plutôt reconnaître vos responsabilités. Vous avez sacrifié la vie de tant de gens et pourtant vous ne vous considérez même pas comme coupables.

— Je n'ai tué personne, mais je me considère quand même comme coupable, dit Guéga.

— Et comment le montres-tu ? Tu refuses de faire avancer l'enquête en ne dénonçant personne.

— Je vous ai déjà dit que je dirais tout ce qui est nécessaire lorsque j'aurai la certitude que ma femme et mon enfant vont bien. J'ai déjà témoigné au sujet du moine.

— Et moi, je t'ai déjà dit que personne ne libérera un pirate de l'air et un terroriste, quand bien même cette personne serait enceinte.

— Je ne vous ai pas demandé de le faire. J'ai accepté de déclarer ce que vous vouliez en échange de la naissance de mon enfant, afin que lui au moins survive si je suis condamné à mort.

— Ne t'inquiète pas, mon garçon, ils ne te condamneront pas à mort. Si tu avoues tout, alors n'aie pas peur de la mort, dit l'enquêteur.

— Je ne crains ni la condamnation ni la mort.

— Et de quoi as-tu peur ?

— J'ai peur pour mon enfant. J'ai peur qu'ils le tuent…

— L'enfant n'est même pas encore né, alors comment pourraient-ils le tuer ?

— Mais il naîtra un jour et un enfant né en prison a besoin de beaucoup de soins et d'attention.

— S'il naît, ils s'occuperont de lui, n'aie crainte…

— *S'il naît ?* Comment ça : *S'il naît ?* demanda Guéga.

— Écoute, mon garçon, tu sais très bien que les conditions carcérales sont terribles pour une femme enceinte.

— Mais vous me l'avez promis et je vous ai donné mon témoignage ! J'ai écrit mot pour mot ce que vous m'avez dit d'écrire !

— Oui, et c'est très bien ainsi.

— Que se passera-t-il si je change de version lors du procès ?

— Rien. Selon la loi en Union soviétique, le témoignage le plus important est celui que tu as déjà donné aux enquêteurs.

— Je ne comprends pas.

— Tu aurais dû étudier le droit soviétique avant de détourner cet avion…

— Et mon enfant, alors ?

— Comme je te l'ai déjà dit, nous ne pouvons pas libérer des terroristes, même s'il s'agit d'une femme enceinte.

— Mais elle pourrait accoucher ici, en prison !

— Oui, elle pourrait, mais…

— Mais quoi ? demanda Guéga.

— Mais je t'ai déjà répété plusieurs fois, mon garçon, qu'une prison n'est pas un endroit pour une femme enceinte et qu'elle pourrait faire une fausse couche à tout instant. Si ta femme tenait tant à avoir un enfant, elle aurait mieux fait de rester à la maison… »

L'enquêteur parlait toujours, mais Guéga ne l'écoutait déjà plus lorsqu'il lui assena un premier coup de poing de toutes ses forces. L'enquêteur s'écroula au sol. Guéga ne lui laissa pas le temps de se relever. Il lui sauta dessus et tenta de l'étrangler à mains nues.

« Va te faire foutre ! Tu m'avais promis qu'on s'occuperait de l'enfant ! Allez tous vous faire foutre bande d'assassins ! »

Plus tard, de retour dans sa cellule, Guéga ouvrit les yeux et essuya le sang de son visage. Il ne parvenait pas à comprendre comment d'autres salauds étaient arrivés si vite pour le frapper et lui donner des coups de pied jusqu'à ce qu'il s'évanouisse.

Il reprit lentement ses esprits. Sa bouche était pleine de sang et il essaya de le cracher, mais il se rendit vite compte que ce ne serait pas si simple. Tout son corps était douloureux, le moindre mouvement lui faisait mal. Il se rappela les cris de l'enquêteur :

« Foutez-le par terre et défoulez-vous, mais ne le frappez pas au visage ! »

Guéga avait été surpris par l'énergie de cet enquêteur qui, quelques minutes plus tôt, gisait encore au sol et tentait désespérément de respirer. Ces souvenirs n'occupèrent son esprit qu'un court instant. La seule chose qu'il désirait maintenant était que ce cauchemar s'achève. Mais l'horreur se prolongea jusqu'à ce que ceux qui y prenaient du plaisir se lassent…

Après cette journée, Guéga ne fut plus jamais interrogé par les enquêteurs pour la simple raison que son témoignage n'était plus requis jusqu'à l'ouverture du procès. Il attendait ce jour avec impatience, car il espérait revoir Tina, tout en appréhendant leurs retrouvailles. La vérité l'effrayait : Tina n'était plus enceinte. Guéga ne voulait pas lui faire face, parce qu'il avait encore de l'espoir, une faible lueur, certes, mais une lueur tout de même.

Il attendait le procès avec impatience pour une autre raison : il y reverrait sa mère, dont il n'avait pas eu de nouvelles depuis le détournement de l'avion. S'il en était capable, il essaierait de lui expliquer toute l'affaire et lui dirait qu'il n'avait pas l'intention de la laisser ici, mais qu'il prévoyait, plus tard, de lui faire quitter cet horrible pays.

Il voulait aussi revoir ses amis avec qui il avait embarqué à bord de cet avion et dont il n'avait eu aucune nouvelle non plus depuis leur arrestation.

Guéga pensait également à ses autres amis, à ceux qui n'étaient pas là ce jour-là avec lui, mais qu'il soupçonnait qu'on avait interrogés à leur tour, et il avait raison. Eux aussi furent convoqués, mais l'enquête s'intéressait particulièrement à Irakli Tcharkviani, un ami proche de Guéga, qui devait logiquement en savoir plus que les autres au sujet du détournement de l'avion. L'enquêteur russe, dépêché par Moscou, pensa d'abord que Guéga n'avait pas proposé à Irakli de venir avec eux, puisque son grand-père était Candide Tcharkviani, ancien Premier secrétaire du Comité central du Parti communiste de Géorgie.

Mais dès la première entrevue l'enquêteur comprit que la raison était tout autre : cet étrange garçon prit immédiatement de court l'enquêteur par son insistance à répondre uniquement en géorgien aux questions qu'on lui posait.

Irakli demeura très calme lors de son audition, et l'agent géorgien du KGB traduisit, avec étonnement, ses réponses pour son collègue russe. Il fut pour le moins étonné de découvrir que le petit-fils de Candide Tcharkviani ne parlait pas le russe. Mais l'enquêteur moscovite comprit immédiatement non seulement qu'Irakli le parlait couramment (contrairement à l'interprète géorgien), mais qu'il maîtrisait aussi d'autres langues.

Il réalisa aussi, à son contact, qu'il avait à faire à une nouvelle génération de Géorgiens qui, contrairement à leurs parents, refuseraient d'obéir, de s'aligner et de se soumettre. C'est pourquoi il ne fut pas dérouté par les insinuations antisoviétiques à peine voilées dans les réponses d'Irakli. Bien au contraire, cela le poussa à demander pourquoi le meilleur ami de Guéga n'était pas monté à bord de l'avion avec les autres. Il alla droit au but.

« Pourquoi ne vous ont-ils pas proposé de les accompagner ?

— Qui ça ?

— Guéga, par exemple. C'était votre meilleur ami, non ?

— Pourquoi "c'était" ? Il l'est toujours, répondit Irakli.

— Désolé. Je me suis mal exprimé. J'espère que vous n'interpréterez pas ce que j'ai dit.

— Que vouliez-vous dire ?

— Ce que je voulais dire, poursuivit l'enquêteur, c'est que je ne parviens vraiment pas à comprendre pourquoi Guéga ne vous a rien dit, puisqu'il vous connaissait si bien... Pardon, puisqu'il vous connaît si bien.

— C'est justement parce qu'il me connaît si bien qu'il ne m'a rien dit. Il savait que j'aurais refusé.

— Mais pourquoi ? Dois-je en déduire que vous aimez tellement l'Union soviétique que vous ne la trahiriez pas ? demanda l'enquêteur interloqué.

— Je ne crois pas avoir exprimé une quelconque sympathie envers l'Union soviétique au cours de cette conversation, mais je ne suis pas non plus un dissident et je ne souhaite pas le devenir.

— C'est précisément ce que j'essaie de comprendre : quels étaient les critères de sélection pour participer au détournement de l'avion, et pourquoi vous, le meilleur ami de Guéga, n'étiez pas de la partie ?

— Je vous ai déjà dit que Guéga savait pertinemment que j'aurais refusé.

— Pourquoi ? Vous ne vouliez pas vous envoler avec eux ?

— J'ai toujours voulu partir. Je le veux encore et je le ferai un jour, mais pas en avion. »

L'enquêteur russe resta silencieux. Il réfléchit à la réponse d'Irakli, mais il n'arrivait toujours pas à comprendre ce que ce jeune Géorgien voulait lui signifier. Alors il lui posa une dernière question, destinée davantage à briser le silence qu'autre chose :

« Et si vous ne pouvez pas vous envoler ?

— Alors je traverserai la mer à la nage.

— Quoi ?
— La mer.
— Et comment ?
— En chantant, répondit Irakli.
— C'est une blague ?
— Pas du tout.
— Vous voulez vraiment qu'on écrive ça dans le procès-verbal ?
— Oui, s'il vous plaît.
— Et comment devrions-nous l'écrire ?
— Mot pour mot.
— *Je traverserai la mer à la nage…* », s'exécuta l'enquêteur.

À la fin de son interrogatoire, Irakli commença à se douter que Guéga et les autres pirates de l'air seraient condamnés à mort. Il partagea ce pressentiment avec ses amis, ceux qui connaissaient également Guéga.

À l'époque, tout Tbilissi, toute la Géorgie même, croyait encore que les pirates de l'air ne seraient pas condamnés à mort et que le gouvernement leur laisserait la vie sauve. Leur argument était des plus logiques : les pirates de l'air n'étaient pas des meurtriers. Les fusiller serait extrêmement cruel de la part du gouvernement.

Comme on pouvait s'y attendre, les soupçons d'Irakli semèrent le doute chez ses amis. Irakli voulut en savoir plus sur le jugement à venir. Il profita du prestige de sa famille pour découvrir le nom du fils du juge qui allait rendre le verdict à la fin du procès. Il le rencontra devant l'université, après les cours, afin de lui demander directement ce qu'il voulait savoir.

Le fils du juge promit à Irakli de se renseigner auprès de son père, si toutefois il réussissait à lui soutirer des informations. « Mais j'en doute... », précisa-t-il à Irakli.

Ce soir-là, le fils interrogea son père : était-ce lui qui allait juger le procès des pirates de l'air ? La réponse fusa sur un ton agressif :

« Qui te l'a dit ?

— Quelqu'un. On me l'a dit, c'est tout.

— Qui ?

— Qu'est-ce que ça change ?

— Ça fait une grande différence.

— À savoir ?

— C'est presque un secret d'État. Personne ne doit connaître l'identité du juge avant le début du procès.

— Tes secrets sont à la hauteur de l'État dans lequel nous vivons. Tout le monde sait déjà que tu présideras ce procès.

— Qui te l'a dit ?

— Peu importe. On me l'a dit à l'université. Maintenant tout le monde le sait.

— Cette université a toujours été un nid d'antisoviétiques.

— Quoi qu'il en soit, le nid est déjà au courant.

— Ce n'est pas le moment de faire de l'humour.

— Mais je ne blague pas. Je veux vraiment savoir ce qui se passera.

— Comment ça : "ce qui se passera" ?

— Qu'est-ce qui va se passer pendant le procès ?

— Je n'ai ni l'obligation ni l'intention de te répondre, d'autant que personne ne peut connaître à l'avance le déroulement du procès.

— Je ne te demande pas de me donner des détails sur l'affaire. Ce qui m'intéresse, c'est le jugement qui sera rendu.

— Là aussi, personne ne peut le prédire et personne ne peut répondre à cette question.

— Peux-tu me donner une réponse simple à une question simple ? demanda son fils.

— Comment ?

— Dis-moi simplement "oui" ou "non".

— Bon. Que veux-tu tellement savoir ?

— Est-ce qu'ils seront condamnés à mort ?

— Je l'ignore. Mais tous les pirates de l'air, les bandits et les terroristes seront punis à la hauteur de leurs actes.

— Seront-ils fusillés ?

— Ce n'est que justice, répliqua le juge.

— Alors ils seront exécutés ?

— Je te l'ai dit, je l'ignore... »

Le fils comprit que son père ne lui révélerait rien et réalisa que le jugement serait arrêté avant le procès, s'il n'avait pas déjà été décidé.

Dès que son fils quitta la pièce, le juge se rua sur le téléphone.

« Allô ? Monsieur Vladimer ? Oui, c'est moi... Pouvez-vous me mettre en relation avec le numéro un... Oui, c'est très urgent... Merci... Oui, j'attendrai, bien entendu. »

Le juge raccrocha et resta immobile jusqu'à ce que le téléphone sonne. Sans le quitter des yeux, il essuya de son index la sueur qui perlait sur son front. Lorsque la sonnerie retentit, il se leva d'un bond et décrocha.

« Allô ? Oui… Bonsoir, monsieur. »

Il toussa avant de continuer.

« J'ai le regret de vous informer qu'il semblerait que des informations concernant ma nomination aient déjà fuité… Comment je l'ai appris ?… Figurez-vous qu'ils m'ont envoyé mon propre fils pour tenter de connaître le verdict, s'ils seront fusillés ou non… Oui, absolument… Qu'est-ce que j'ai répondu ? Ce que vous et le Parti nous avez toujours appris : que les lois soviétiques sont humaines, mais que tous les criminels doivent payer pour leurs crimes et que l'État punira toujours tous ceux qui trahissent leur patrie et… Allô ? Allô ? »

Le juge maintint le téléphone à son oreille pendant un long moment. Plus personne ne l'écoutait. Et il fut naturellement remplacé sur-le-champ.

Éka

À l'aube du 2 février 1984, la perquisition de la maison du père Théodore commença. Pendant la fouille, père et fille demeurèrent assis côte à côte en se tenant la main. Le père dit au revoir à sa fille de manière à ne pas l'effrayer. Puis il se leva avec tant de dignité que personne n'osa lui passer les menottes. Les enquêteurs n'eurent d'autre choix que de suivre cet homme libre.

Quelques jours après son arrestation, ils retournèrent chez lui pour fouiller de nouveau son domicile. La seule personne qu'ils trouvèrent fut Éka qui était restée seule à la maison. Elle regarda avec étonnement ces inconnus qui examinaient minutieusement sa maison. Elle n'avait pas peur, mais ne comprenait tout simplement pas ce que cherchaient ces gens qui ne souriaient jamais. Éka aimait beaucoup les amis de son père. Et à ses yeux, son père était un héros : le plus incroyable de la Terre et le seul moine à porter un jean.

Elle se tint immobile et attendit que ces visiteurs indésirables s'en aillent. Elle n'aurait probablement jamais bougé si l'un d'entre eux n'avait pas ouvert le placard dans lequel elle gardait les poèmes de son père. Il les avait écrits spécifiquement pour elle, lorsqu'elle était encore petite et qu'elle lui demandait de lui raconter des histoires avant de s'endormir. Lorsque Éka apprit à écrire, elle recopia soigneusement les poèmes de son père dans un cahier. Celui que l'homme feuilletait maintenant. Il l'ouvrit et le referma plusieurs fois, puis s'adressa à son supérieur :

« Et ça, qu'est-ce qu'on en fait ?

— Qu'est-ce que c'est ?

— Des poèmes.

— De qui ?

— J'en sais rien.

— Lis-les et tu verras bien, lui répondit son supérieur avant de se raviser : Quoique, toi, tu ne devineras jamais, alors prends le cahier et c'est tout ! »

L'homme était toujours en train de regarder le cahier et tentait même de lire son contenu, lorsqu'il sentit une morsure fulgurante et douloureuse à son poignet. Le cahier lui glissa instantanément des mains. La petite Éka le ramassa aussitôt, le serra dans ses bras et se mit à reculer le long du mur.

L'homme examina la morsure avec étonnement avant de fixer la fillette des yeux :

« Petite garce ! Fille de terroriste ! » cracha-t-il en serrant les dents et en se rapprochant d'elle. Son supérieur devina aussitôt qu'il serait difficile de confisquer à Éka ce cahier. Il arrêta son subordonné et lui demanda calmement :

« Il n'y avait que des poèmes ?

— Ouais, je crois. Des poèmes à elle, j'imagine.

— Quel était leur contenu ?

— J'en sais rien. L'écriture est celle d'un enfant.

— Et vous, les autres, vous avez fini, vous aussi ? » demanda le supérieur.

Sans attendre leur réponse, il indiqua de la main qu'il était temps de partir. Les autres lui emboîtèrent le pas et quittèrent la maison.

Éka se précipita à la fenêtre et écarta le rideau pour les suivre du regard. Les hommes étaient montés à bord d'une voiture. Elle attendit que la voiture des invités surprises disparaisse de son champ de vision pour ouvrir le tiroir dans lequel elle rangeait les partitions. Comment ces hommes auraient-ils pu savoir que le moine, dont ils fouillaient la maison à la recherche d'armes à feu, composait également de la musique ? Éka rassembla les partitions et le cahier de poèmes et les noua avec une ficelle.

Elle prit une pelle et sortit dans le jardin. Une fois certaine que personne ne l'observait, elle se mit à creuser. Le trou n'était pas grand, mais suffisant pour y cacher le paquet.

Le gouvernement soviétique s'avéra plus cruel encore que prévu. Sa propagande était si impitoyable qu'après l'arrestation de son père plus personne ne voulut s'asseoir à côté d'Éka. À l'école, elle se retrouva seule sur un banc. Elle était l'enfant d'un ennemi de l'État, mais s'efforça de faire bonne figure. À la suite du jugement, elle écrivit, du haut de ses quatorze ans, une lettre au Premier secrétaire du Parti communiste géorgien pour lui demander d'épargner son père. Lorsqu'elle réalisa qu'elle ne recevrait jamais de réponse, elle se rendit à tous les endroits où son père pouvait se trouver. Des rumeurs circulaient selon lesquelles il n'avait finalement pas été fusillé, mais que son innocence avait été reconnue, avant qu'il ne soit envoyé quelque part en Sibérie, dans l'Oural ou en Extrême-Orient.

Pour les adolescents d'aujourd'hui, cela doit sembler difficile à croire que cette jeune fille ait surmonté tant d'obstacles pour retrouver son père. Elle passa plusieurs années à le chercher dans des camps lointains, seule, car sa mère fut elle aussi emprisonnée sans qu'elle en connaisse la raison.

Les adultes aussi auront du mal à croire ce qu'Éka Tchikhladzé réussit à accomplir. Mais au nom de l'amour tout est possible. Elle décrivit son amour inconditionnel pour son père dans une lettre. Sans lui, sa vie n'avait plus de sens. Sa lettre disait aussi qu'elle ignorait les raisons du divorce de ses parents, mais qu'en revanche elle savait comment ils s'étaient rencontrés dans la cour d'un studio de cinéma.

À cette époque-là, le moine Théodore était encore Témouraz Tchikhladzé, un jeune homme bien éduqué et très populaire auprès des filles. Les yeux verts de Témouraz Tchikhladzé n'en voyaient qu'une : celle qui allait devenir la mère d'Éka.

Lorsqu'il tomba amoureux, Témouraz était figurant dans un film géorgien intitulé *La Mort d'un philatéliste* dont le tournage se déroulait à Sarpi, une ville frontalière avec la Turquie, zone hautement surveillée.

Dès que Témouraz arriva à Sarpi, il chercha le pêcheur le plus expérimenté et se lia rapidement d'amitié avec les locaux qui sortaient en mer la nuit lorsque la lune était blanche et les eaux calmes.

Au fur et à mesure, même les gardes-frontière soviétiques s'accoutumèrent au tournage du film. Et une nuit, lorsque Témouraz emprunta le bateau de son ami le pêcheur, les gardes-frontière ne se doutèrent de rien. Pourquoi auraient-ils eu des soupçons concernant ce bateau qui sortait en mer chaque nuit et qui leur rapportait de temps en temps les rougets de la mer Noire qu'ils appréciaient tant ?

C'est Témouraz lui-même qui fut le plus surpris. Il ramait lentement et calmement et s'attendait à être arrêté d'une minute à l'autre. Il se tenait prêt à brandir sa canne à pêche, en guise de preuve, si par malheur les gardes-frontière le soupçonnaient de fuir l'Union soviétique à bord de sa minuscule embarcation.

Loin de fendre la houle, la barque se laissait gentiment porter par les flots. Le soleil allait se lever lorsque Témouraz réalisa qu'il avait atteint le point de non-retour. Il devait choisir entre s'échapper ou faire demi-tour et retrouver ses soupirantes. Nul ne sait avec précision jusqu'où les gardes-frontière soviétiques auraient permis au jeune Géorgien de naviguer. Le fait est que Témouraz se dirigea vers le rivage, là où l'attendait celle qui allait devenir la mère d'Éka.

Quelques années plus tard, lorsque la cour condamna à mort le moine Théodore Tchikhladzé, celui-ci adressa au gouvernement soviétique une ultime requête : l'autorisation de revoir son unique enfant Éka Tchikhladzé avant son exécution. La dernière volonté de cet homme innocent lui fut refusée. Il ne revit jamais sa fille.

Bien plus tard, Éka Tchikhladzé écrivit un livre qu'elle dédia à ce père qui lui avait prédit la chute de l'Union soviétique pendant toute son enfance. Dans son livre, *L'Affaire du condamné*, Éka publia des informations encore inédites ou totalement inconnues qui relataient dans le détail l'affaire des pirates de l'air. Elle formula également une hypothèse, plutôt bien documentée, selon laquelle les autorités avaient été averties du détournement de l'avion. De nombreux éléments étayèrent cette théorie, bien que le gouvernement, c'était de notoriété publique, n'eût rien fait pour l'empêcher, afin d'organiser ce simulacre de procès dont ils avaient besoin.

La veille du procès, le moine fut interrogé une dernière fois. Plusieurs enquêteurs ainsi que des officiers supérieurs l'attendaient. Ils voulaient être certains de ce qu'il dirait lors des audiences et ainsi s'assurer qu'il suivrait le scénario prévu. Ainsi, quand le moine leur confirma une nouvelle fois qu'il prendrait tout sur lui afin de sauver les autres, les enquêteurs jetèrent des regards satisfaits aux officiers supérieurs. Juste au cas où, l'un d'entre eux se racla la gorge et dit au moine :

« Vous devez être prêt à tout.

— Je le suis.

— Je crois que vous ne m'avez pas bien compris.

— Je suis prêt à tout si cela me permet de les sauver.

— Vraiment à tout ? voulut s'assurer l'un des officiers supérieurs.

— Oui, à tout. J'ai déjà trente-trois ans.

— Nous ne sommes pas ici pour discuter de votre âge. Certains détails nous intéressent, et nous aimerions les vérifier auprès de vous.

— Je vous écoute, répondit le père Théodore.

— Au procès, avouerez-vous devant la cour que vous avez été à la tête d'un groupe de bandits qui planifiait de détourner un avion ?

— J'admettrai devant la cour avoir été, et toujours être, un père spirituel pour ces gens qui ont tenté de détourner l'avion. C'est pourquoi la plus grande part de responsabilité me revient.

— Et êtes-vous prêt à confirmer votre rôle de meneur, dans l'hypothèse où une sanction plus sévère s'imposerait ?

— Je suis prêt à tout confirmer si je suis certain que ce verdict sauvera la vie des autres.

— Dans ce cas, poursuivit le haut responsable, je dois vous informer que vous pourriez être condamné à mort. N'êtes-vous toujours pas effrayé ?

— Non.

— Pourquoi ?

— Car j'appartiens au clergé et mon Église me protégera toujours, tandis que personne ne s'opposera à leur mort.

— Vous êtes donc en train de dire que vous endossez l'entière responsabilité et encourez la peine maximale parce que vous espérez survivre ?

— Non, je n'ai pas dit ça. Personne, peut-être, ne pourra me défendre ou me sauver, mais je suis le seul qui puisse les sauver en agissant ainsi, expliqua le père Théodore.

— Et vous croyez que la société sera émue par votre geste ?

— Quelle société ?

— La partie du public qui hésite. Même si personne ne tentera d'établir la vérité lors du procès, nos opposants pourraient poser quelques questions.

— Lesquelles ?

— Pourquoi celui qui a tout organisé ne les a pas accompagnés à bord de l'avion, par exemple, précisa le haut responsable.

— C'est justement la raison pour laquelle il n'y a que moi qui mérite la peine de mort, et pas eux. C'est moi qui les ai trompés. J'ai envoyé à la mort d'autres que moi, j'ai encouragé ces jeunes et je me suis caché dans mon monastère.

— Répéterez-vous cette phrase devant la cour ?

— Seulement si ce témoignage me permet de les sauver, même si je suis condamné à mort. J'admettrai tout ce que vous jugerez nécessaire.

— Je pense que nous avons réglé tous les détails, mais il nous reste encore des questions.

— J'en ai également une à vous poser, dit le père Théodore.

— Allez-y.

— J'aimerais connaître le jugement qui sera prononcé contre eux.

— Tout dépend de vous, car ils pourraient bien nier que vous étiez le cerveau de ce détournement.

— C'est très probable.

— Dans ce cas, que ferez-vous et que direz-vous devant la cour ? demanda le haut responsable.

— Je dirai qu'ils ne m'ont jamais dit précisément quand ils comptaient embarquer et qu'ils ont détourné un autre avion.

— Vous mentiriez ?

— Je n'ai jamais menti. Tout ce que je vous dis est la vérité.

— Ne perdez pas votre temps. La vérité ne nous intéresse pas. La priorité est que vous disiez ce qu'il faut pour le bon déroulement du procès. Mentir au nom des intérêts de l'État n'est pas un crime.

— Mais je me sens réellement coupable d'avoir été leur père spirituel, et je dois moi aussi être tenu pour responsable.

— Ne vous inquiétez pas. Vous le serez. À la lettre.

— Je vous l'ai dit, je suis prêt à tout pour sauver leur vie, répéta de nouveau le père Théodore.

— Et nous vous avons dit que le verdict dépendrait de votre témoignage.

— Je dirai tout ce que vous voulez, mais ils doivent être épargnés. Ils sont encore très jeunes. Ils doivent vivre… »

La voix du moine laissait paraître qu'il était sur le point d'éclater en sanglots, mais personne n'entendit ses derniers mots, car les enquêteurs et les officiers supérieurs quittaient déjà la pièce. Lorsque le dernier d'entre eux fut sorti, le père Théodore leva la tête.

« Allez, on retourne en cellule, mon père », dit le gardien.

Profitant de la pénombre du couloir qu'ils empruntaient, le gardien chuchota au moine, presque en s'excusant :

« Jusqu'ici, je n'ai lu que la moitié, mon père. Je lis lentement…

— C'est le genre de livre que l'on se doit de lire lentement, répondit le père Théodore.

— Je vous le rendrai la semaine prochaine.

— Gardez-le.

— Vous n'en avez plus besoin ?

— Tout le monde a besoin de ce livre.

— Alors vous aussi.

— J'en ai un autre exemplaire, le rassura le père Théodore.

— Merci, mon père.

— C'est le Seigneur que vous devez remercier.

— Je voulais vous dire autre chose, poursuivit le gardien.

— Je vous écoute.

— Je ne vous ai jamais vu revenir si ravi d'un interrogatoire.

— Peut-être pas ravi, satisfait plutôt, précisa le moine. La joie n'existe pas par ici.

— Existe-t-elle tout court ?

— La vraie joie se trouve autre part.

— Où ça ?

— Dans un autre monde.

— Où ?

— Quand vous aurez terminé le livre, vous comprendrez tout.

— Mais il y a quelque chose que j'aimerais comprendre dès maintenant.

— De quoi s'agit-il ? demanda le père Théodore.

— Pourquoi avez-vous l'air si satisfait ?

— Le procès débutera bientôt et toute cette affaire sera terminée.

— Vous croyez qu'elle se terminera comme vous l'espérez ?

— Le plus important, c'est qu'elle se termine enfin… », conclut le père Théodore.

Le procès

On appelait ça la justice, en réalité il s'agissait d'un faux procès. La procédure avait été fixée à neuf mois après l'ouverture de l'enquête, de sorte que la plupart des témoins ne furent pas même entendus. Habituellement, le droit soviétique ne définissait aucune durée maximale, mais il était évident que le gouvernement de l'époque était pressé de juger les pirates de l'air.

Le procès s'ouvrit le 1er août, lorsque tout le monde, même ceux qui n'ont nulle part où aller, quitte la chaleur de Tbilissi. En début de mois, les températures sont si insupportables que même les maisons d'été sont abandonnées en faveur de la mer Noire.

Le gouvernement voulait un procès rapide et discret. La capitale devait être aussi vide que possible afin d'empêcher toute critique de ce qui était en réalité une pièce de théâtre très mal mise en scène. Seuls les parents des accusés suivraient l'audience.

La plupart des gens présents dans la salle étaient des membres du KGB. Seules les familles des accusés furent autorisées à assister au procès. L'accès fut interdit à toute autre personne, même aux survivants de ce vol infernal – à l'exception de ceux dont le témoignage serait, selon le gouvernement, en accord avec les attentes des autorités. Malgré cela, aucun des témoins ne prétendit ouvertement que l'un des intéressés avait tué qui que ce soit. À peine quelques jours plus tard, la date du jugement fut arrêtée.

La veille, le KGB convoqua un passager. C'était un vieillard brisé par les années et le chagrin, puisque son unique enfant purgeait une longue peine de prison à la suite d'un accident de la circulation.

Le vieil homme était aussi effrayé qu'agité. On lui apporta un verre d'eau comme si cela pouvait avoir un effet anxiolytique. Puis on lui expliqua pourquoi le KGB l'avait sollicité. Ce qu'ils lui annoncèrent dut être bien plus horrible que ce à quoi il s'attendait parce que l'homme ne comprit que le jour suivant.

Là-bas, dans le bureau du haut gradé du KGB, il s'était contenté d'acquiescer face à tous ces hommes en costume en se demandant pourquoi ils s'obstinaient à porter des cravates par cette chaleur.

L'entretien avec le vieil homme commença par une question prétendument anodine.

« Votre fils est en prison depuis cinq ans déjà, c'est bien ça ?

— Oui, monsieur.

— Ça doit être très difficile pour vous.

— Oui, monsieur.

— Vous voulez sans doute qu'il soit libéré le plus rapidement possible.

— Oui, monsieur.

— Vous savez, j'imagine, que les peines de prison sont parfois aménagées, et que certains prisonniers peuvent bénéficier d'une libération anticipée.

— Oui.

— Votre fils doit vous manquer.

— Oui.

— Vous devez également savoir que seuls les prisonniers qui se comportent bien sont libérés plus tôt.

— Oui, monsieur.

— Ou leurs parents.

— Oui.

— Lorsque leurs parents se comportent bien.

— Oui, monsieur.

— Vous, par exemple, vous pourriez aider le gouvernement pour que votre fils soit libéré plus tôt que prévu.

— Oui, monsieur.

— J'espère que vous voulez aider votre fils ?

— Oui, je le veux.

— Mais vous ne savez pas comment vous y prendre, c'est ça ?

— Oui.

— "Oui", vous le savez ? Ou "oui", vous ne le savez pas ?

— Oui.

— Oui quoi ? »

Le vieillard demanda un autre verre d'eau, le vida et en redemanda. Lorsqu'il finit le deuxième verre, il put se lancer dans ce qui fut la plus longue phrase de sa vie :

« Ma femme écrivait des demandes de clémence. Elle en écrit encore. Tout le monde dit que c'est la victime qui a causé l'accident en traversant la rue là où il ne fallait pas la traverser, mais…

— Mais quoi ?

— Rien. Ça fait déjà cinq ans qu'il est en prison.

— C'est exactement ce qu'on est en train de vous dire, c'est maintenant que vous pourriez aider votre fils.

— Je ne comprends pas. Ils me demandent tellement d'argent que même si je vendais mon appartement, cela ne suffirait pas…

— Non, non, vous avez mal compris. Nous ne parlons pas d'argent. Il s'agit d'un service, en échange de quoi l'État libérera votre fils.

— Quel service pourrais-je bien rendre à un État si puissant pour assurer la libération de mon fils ? Je ne suis qu'un vieil homme, après tout…

— Justement. Vous êtes quelqu'un d'honnête, un travailleur acharné, et vos mots seront décisifs lors du procès.

— Qu'est-ce que vous êtes en train de dire ? Que pourrais-je dire de si décisif ?

— Racontez simplement tout ce que vous savez, tout ce que vous avez vu à bord de l'avion.

— Mais je n'ai rien vu ! J'ai passé tout mon temps couché par terre…

— Mais vous avez vu les passagers se faire massacrer, n'est-ce pas ?

— Oui, j'ai vu les morts.

— Et… ?

— Je me suis senti mal, mon garçon, et je me sens toujours mal depuis. Ma femme m'a emmené voir un médecin, mais je ne me sens pas mieux.

— C'est exactement ce service que vous pouvez rendre au gouvernement. Déclarez la même chose à la cour, demain, pour que ces criminels soient punis comme ils le méritent. Votre fils innocent est en prison, alors que ces bandits sont reconnus comme des héros ?

— Oui, j'y pense constamment. Personne n'a jamais rien dit de mal de mon fils, et l'enquêteur disait toujours que l'accident, ce n'était pas sa faute…

— Justement ! Votre fils rentrera bientôt à la maison, chez les siens qui l'aiment tant, et les bandits et les terroristes recevront une punition exemplaire !

— Ah, si vous pouvez faire ça, que Dieu vous bénisse ! Autrement sa mère et moi, nous ne tiendrons pas jusqu'à la fin de sa peine…

— Alors écoutez-moi bien. Si demain vous racontez correctement l'histoire de ces meurtriers devant la cour, votre fils rentrera à la maison d'ici à quelques jours.

— Oui, je dirai tout, j'expliquerai tout, je donnerai tous les détails.

— Vous vous rappelez les visages de ceux qui ont tué les passagers ?

— Comment pourrais-je me souvenir de leur visage, alors que ceux qui nous ont tiré dessus étaient dehors ?

— Oubliez ça. Vous devez identifier ceux qui ont détourné l'avion avant de tuer les passagers.

— Comment voulez-vous que je les identifie ? J'étais couché par terre tout du long.

— Ce sera très simple. Ils seront tous assis devant vous, et quand le juge vous demandera si c'est eux qui ont piraté l'avion, vous hocherez la tête pour confirmer. Vous vous rappelez quand même les visages de ceux qui ont détourné l'avion, non ?

— Comment pourrais-je les oublier ?

— C'est eux qui ont tué les passagers, et ils doivent répondre de leurs actes.

— Vous êtes sûr que c'était bien eux ?

— L'enquête a tout révélé, mais si un honnête homme comme vous, qui étiez à bord de l'avion, confirme tout ça, vous aurez alors rendu service à la fois à l'État et à votre fils. »

Le gradé conduisit le vieillard jusqu'à sa voiture de fonction, donna une adresse à son chauffeur et alla même jusqu'à raccompagner le vieil homme chez lui. « Vous savez ce que vous avez à faire demain. Nous comptons sur vous », dit l'officier du KGB en le saluant très poliment et en lui donnant une poignée de main qui en disait long.

La cour clôtura l'affaire le 13 août. La chaleur à Tbilissi était absolument insupportable. Le gouvernement voulait en finir avec ce procès le plus rapidement possible, et ce malgré les nombreuses zones d'ombre qui persistaient.

Les accusés passèrent les treize jours du procès à chercher des yeux leurs parents et leurs proches dans la salle du tribunal. D'un simple regard, Natéla demanda à Guéga s'il avait besoin de quelque chose, car il lui semblait que son fils se sentait mal. Celui-ci lui répondit que tout allait bien, mais Natéla était certaine qu'il s'était produit quelque chose en prison. Elle n'en connaissait pas la cause, mais elle était une mère qui avait toujours deviné et compris lorsque son enfant souffrait. Guéga perçut lui aussi que sa mère s'inquiétait pour lui, qu'elle s'inquiétait de la douleur qui l'accablait. Aussi, et dès le premier jour du procès, tenta-t-il de la masquer derrière des sourires forcés et un air faussement joyeux. C'était un très bon acteur, et il réussit aisément à convaincre tout le monde qu'il agissait de manière parfaitement nonchalante ; tout le monde, sauf sa mère. La vérité était que même Guéga eut du mal à bien jouer ce rôle, submergé par son angoisse, si forte qu'elle était quasi impossible à supporter. Tina n'était plus enceinte. Il l'avait constaté dès l'ouverture du procès en voyant son ventre plat. Mais il restait toujours un minuscule espoir qu'elle ait déjà accouché. Guéga ne lâcha pas des yeux le ventre de Tina, et celle-ci comprit qu'il attendait une explication de sa part. Très discrètement, elle secoua la tête, et Guéga saisit enfin que tout était fini.

Durant les treize jours que dura le procès, et surtout pendant les pauses, Guéga aurait pu demander à Tina ce qui s'était passé et il aurait tout appris – quoi, quand, comment. Mais il avait peur de connaître la vérité. Et vers la fin du procès, il ne l'avait toujours pas questionnée au sujet de leur enfant, parce qu'il avait décidé, à ce moment, que l'espoir était plus important que la vérité.

Le dernier jour d'audience commença avec le témoignage du moine, qui s'adressa à la cour et à toute la salle avec regret :

« Je fus et continue d'être le père spirituel de ces jeunes gens, et c'est pourquoi je suis responsable de leurs actes. Ils sont encore jeunes et peuvent réparer les erreurs qu'ils ont commises, ils peuvent toujours être utiles à notre société et à notre pays. Voilà pourquoi je vous demande de faire preuve de clémence envers eux. Il y a déjà eu suffisamment de victimes et de morts, mais si quelqu'un désire encore faire payer le prix du sang, alors que ce soit le mien. Je suis coupable, que mon châtiment suffise à épargner ces jeunes gens… »

Le juge interrompit brutalement la déclaration du moine et quelqu'un l'interpella :

« Et que ferez-vous s'ils vous épargnent ? »

Le père Théodore répondit à l'inconnu :

« Je possède chez moi une carte qui indique précisément les moindres villages et églises de Géorgie, si petits soient-ils. Je choisirai l'endroit le plus isolé entre tous et y resterai prier jusqu'à la fin de mes jours. »

Lorsque le moine s'assit, un grand silence s'abattit dans la salle. Il avait été le premier à évoquer la mort lors du procès. C'est le juge lui-même qui osa briser le silence pour demander, d'un air pressé, que le prochain témoin se présente à la barre. Il s'agissait du vieil homme qui avait été si minutieusement préparé la veille dans les bureaux du KGB.

Le juge s'adressa à lui avec respect et le pria de raconter tout ce dont il se souvenait. Le vieillard parla avec franchise :

« C'était terrible, vraiment terrible. J'étais encore à l'hôpital ici, à Tbilissi, et lorsque je me suis senti mieux, je me suis dépêché de rentrer chez moi. Je suis toujours en colère contre ma femme, car c'est elle qui a insisté pour que je prenne l'avion, en me disant que ce serait mieux pour ma santé que de prendre le bus, sinon je n'aurais jamais pris l'avion à mon âge. Je lui ai dit que je préférais encore prendre le train parce que ça secoue moins que le bus, mais elle a refusé et m'a obligé à prendre l'avion, en ajoutant que comme ça je serais plus rapidement de retour à la maison pour cueillir les dernières mandarines, car tout le monde l'avait déjà fait sauf nous, et qu'elles allaient pourrir. Les femmes, vous savez, quand elles insistent...

— Concentrez-vous sur les faits, s'il vous plaît, l'avertit le juge.

— Tout ce que je peux dire, c'est que ce que j'ai entendu ici est vrai. La seule personne que je ne reconnais pas, c'est ce prêtre, mais sinon je me souviens des autres à bord de l'avion. Comment pourrais-je les oublier ? Je ne souhaiterais même pas à mon pire ennemi d'avoir été là...

— Alors vous confirmez que ce sont bien les accusés qui ont essayé de détourner l'avion ?

— Comme je vous l'ai dit, monsieur, je me souviens bien qu'ils étaient à bord de l'avion, mais je ne me souviens pas du prêtre.

— Alors vous confirmez qu'à l'exception de l'accusé que vous venez d'indiquer les autres accusés ici présents sont bien des terroristes ?

— Oui, oui, et comme je vous l'ai déjà dit, monsieur le Juge, je me souviens de tous sauf du prêtre.

En revanche, l'un de leurs complices avait une barbe, mais il n'est pas ici, et puis sa barbe était claire, tandis que cet homme a une barbe noire, et puis il ne lui ressemble pas du tout, il était différent…

— Les autres ne nous intéressent pas, expliqua le juge, nous ne parlons que des accusés qui sont assis, là, devant vous, dans cette salle d'audience. Pouvez-vous nous confirmer que ce sont eux, les terroristes qui ont essayé de détourner l'avion à bord duquel vous vous trouviez ce jour-là ?

— Oui, monsieur le Juge, c'est bien eux. Comment le nier ?

— Et maintenant pouvez-vous nous confirmer que leur tentative pour détourner l'avion à main armée s'est soldée par des victimes ?

— Des victimes, oui, bien sûr, monsieur. Il y avait des morts et des blessés, certains gravement au niveau des bras et des jambes. Quand l'avion a commencé à monter et descendre, ça a mélangé tout le monde…

— Pouvez-vous nous dire précisément quel accusé était armé, et avec quel genre d'arme ils ont tiré sur les passagers ?

— Ah, ça, monsieur le Juge, je ne m'y connais pas, en armes, je ne suis qu'un paysan et je ne comprends rien à toutes ces choses, mais lorsque l'avion s'est posé les soldats ont commencé à nous tirer dessus depuis l'extérieur, et ils portaient des mitraillettes…

— Alors vous confirmez que les accusés étaient armés ?

— Qui ça, eux ? Mais oui, bien sûr, monsieur, comment peut-on détourner un avion sans être armé ?

— Pouvez-vous maintenant nous dire précisément lesquels des accusés ont tué ou blessé un passager en lui tirant dessus ?

— Ah, ça, monsieur le Juge, comment vous le dire ? Ça tirait de partout, et puis moi j'étais couché par terre et je n'ai pas osé lever la tête pendant que ça tirait.

— Mais lorsque la fusillade s'est terminée, vous vous êtes levé. Vous avez bien dû voir les terroristes armés, ceux qui sont aujourd'hui assis en face de vous ?

— Oui, monsieur, je me suis levé, mais ensuite je me suis assis, car je me sentais vraiment mal, et puis j'avais la gorge sèche…

— Et vous avez ensuite bien dû voir certains d'entre eux l'arme à la main ? insista le juge.

— Ah, oui, monsieur le Juge, j'ai vu celui-là et je me rappelle bien que c'était lui parce que je l'ai vu à la télé, mais je ne me rappelle plus le nom du film…

— Et l'arme ? Quel genre d'arme portait-il ?

— Celui-là avait une bombe dans une main, monsieur le Juge, mais pas comme on en voit dans les films. C'était une bombe toute ronde, dans une main…

— Et dans l'autre main ?

— Dans l'autre main ? Vous voulez vraiment que je le dise, monsieur le Juge ?

— Oui, vous devez tout dire, tout ce que vous savez et tout ce dont vous vous souvenez. C'est la raison pour laquelle vous avez été convoqué ici pour témoigner. Alors parlez.

— Je ne suis vraiment pas sûr, monsieur, j'ai pas envie de gâcher quelque chose en le disant.

— Chaque détail est important pour le procès. Parlez.

— Vraiment, monsieur le Juge ? Vous êtes sûr ?

— Oui. Dites à la cour ce que l'accusé tenait dans son autre main, s'il vous plaît.

— Il tenait un verre.

— Un verre ? Quel genre de verre ? demanda le juge, l'air étonné.

— Ben, un verre, quoi, monsieur le Juge, et quand quelqu'un se sentait mal, il lui apportait de l'eau. »

Pris au dépourvu par cette réponse tout à fait inattendue, le juge prit quelques instants avant de poser une nouvelle question au témoin.

« Et ensuite ?

— Ensuite, il m'a apporté de l'eau, monsieur le Juge, et je me suis senti mieux.

— Mais encore ? N'avez-vous rien à ajouter ?

— Encore ? Ajouter quelque chose ? Ben, monsieur le Juge, ce serait vraiment dommage s'ils devaient mourir… »

La voix du vieillard se mit à trembler. Une larme dévala sa joue et il éclata en sanglots sans retenue. Le juge s'empressa de suspendre la séance.

La fin

Après la pause, le vieillard ne fut naturellement pas invité à poursuivre son témoignage.

Bien que le mot « mort » fût prononcé à deux reprises ce jour-là, les accusés, leurs parents et même les officiers du KGB présents furent sidérés par la sévérité du verdict. À la surprise générale, le juge condamna Tina à quatorze ans de réclusion, tandis que les autres seraient fusillés.

Une fois le jugement prononcé, les accusés furent immédiatement conduits hors de la salle d'audience. Guéga chercha sa mère des yeux. Cette dernière demeurait immobile, fixant le dos de son fils. On l'emmenait, mais pas pour l'exécuter, c'était tout bonnement impossible à croire. Tout le monde se refusait à penser que Guéga et ses amis allaient être fusillés, car il restait une dernière chance : qu'ils soient graciés, ainsi que le faisait parfois le gouvernement.

Pour cela, il fallait une lettre signée par toutes les personnes les plus importantes et les plus influentes du pays, une lettre demandant au gouvernement d'épargner ces jeunes qui s'étaient égarés. Plusieurs personnes la rédigèrent rapidement, mais leurs signatures n'étaient pas suffisantes, si bien qu'il fallût des personnalités célèbres et respectées à travers toute la Géorgie.

À la mi-août, la plupart de ces personnalités étaient en vacances au bord de la mer Noire, surtout en Abkhazie. Les amis de Guéga et d'autres jeunes volontaires ratissèrent les plages afin de rencontrer des membres de l'*intelligentsia* géorgienne. Ils les sollicitèrent en plein bain de soleil. Ces estivants signèrent la lettre pour différentes raisons : certains par amour pour Guéga, d'autres simplement pour faire comme tout le monde, quant aux plus réticents, on leur raconta que l'idée venait secrètement du gouvernement lui-même.

La pétition fut envoyée à Moscou, car les Géorgiens croyaient naïvement que la décision de condamner à mort les « jeunes de l'avion » émanait du haut de la pyramide, et que le gouvernement ne faisait qu'appliquer la volonté des Russes. Or, lorsque les autorités géorgiennes découvrirent que la lettre avait été signée par de nombreux chercheurs, directeurs et acteurs du pays, qui collaboraient avec le gouvernement soviétique ou lui étaient fidèles, elles ne furent plus seulement inquiètes, mais scandalisées. Naturellement, les communistes géorgiens craignaient la réaction du Kremlin parce que l'*intelligentsia* géorgienne osait ouvertement défendre des individus antisoviétiques. Cela ne pouvait signifier qu'une chose : que le gouvernement géorgien ne travaillait pas bien, et pas seulement avec l'*intelligentsia*, mais d'une manière générale. L'indignation des secrétaires du Comité central était due au fait que cette *intelligentsia* géorgienne – à laquelle l'État distribuait maisons, voitures de fonction et résidences d'été – était en train de signer une pétition exigeant que les pirates de l'air soient pardonnés sans avoir consulté le gouvernement. Elle était en train de trahir non seulement le Parti communiste géorgien, mais également le Premier secrétaire du Comité central en personne !

Le jugement fut prononcé le 13 août, et une émission télévisée intitulée *Les Bandits* fut diffusée dix jours plus tard, le 23. C'est au cours de ces dix jours que le montage fut décidé dans l'optique de s'assurer que les téléspectateurs n'auraient pas le moindre doute sur le fait qu'il s'agissait de criminels aguerris – des meurtriers cyniques et des terroristes qui ne méritaient rien d'autre que d'être fusillés. Certaines séquences avaient été débattues et avaient provoqué des désaccords au montage, telle la nécessité d'inclure la raison qu'avaient les frères Iveriéli de quitter l'URSS. Selon l'enquête, ceux-ci menaient un style de vie complètement immoral et multipliaient les conquêtes. Leur véritable objectif était de poursuivre leurs aventures à l'ouest. Le gouvernement souhaitait se servir de certaines de ces femmes – comme la jolie passagère du nom de Katrina à qui Paata avait offert son passeport (troué d'une balle) en lui disant qu'il n'en aurait plus besoin, et qu'on utilisa pour dépeindre celui-ci comme un prédateur sexuel. Les deux frères auraient cherché à se rendre en Amérique, sous prétexte d'ouvrir une clinique. Cette version ne fut pas retenue dans le film, de peur qu'elle ne soit pas plausible et qu'elle produise l'effet inverse sur le public.

Un autre détail de l'affaire, illustrant le côté inhumain des pirates, fut au contraire privilégié : l'accusation, sans cesse soulignée pour lui donner de l'importance, selon laquelle les pirates de l'air n'avaient pas autorisé les passagers à aller aux toilettes toute la nuit durant. En réalité, les pirates, qui s'en privèrent eux-mêmes également, avaient interdit aux passagers de bouger de leurs sièges pour la simple raison que les soldats, armés de fusils d'assaut, tiraient sur l'appareil.

Suite à la diffusion de l'émission, certains membres de l'*intelligentsia* qui avaient signé la pétition exigèrent de revenir sur leur décision. Les autres furent convoqués auprès du Comité central où ils furent contraints, sous la menace, d'agir à l'identique. Beaucoup d'entre eux furent non seulement obligés de retirer leur signature, mais également de se justifier dans une lettre, en expliquant pourquoi ils l'avaient fait, et de s'excuser pour leur erreur. Enfin, quelques-uns refusèrent d'obéir et perdirent bon nombre de privilèges, mais ils soutinrent jusqu'au bout que Guéga et ses amis devaient être graciés. Dès lors, il devint évident que c'était le gouvernement géorgien qui avait décidé de la sentence. À Moscou on attendait en vain l'arrivée de la pétition.

Le public de l'époque considéra la décision du gouvernement comme tellement impitoyable que des légendes sur la cruauté de Chevardnadzé émergèrent. C'était en quelque sorte le seul moyen par lequel les

Géorgiens pouvaient se venger. Ils racontèrent partout comment Chevardnadzé convoqua Vaja, le père de Paata et Kakhaber, pour lui parler de ses fils condamnés à mort. Nul ne sait si tout cela était vrai, mais, s'il s'agissait bel et bien d'une histoire fictive, elle reflétait sans doute assez fidèlement leur avis sur la question.

Naturellement, Vaja – un célèbre médecin et chercheur géorgien que Chevardnadzé connaissait personnellement – fut renvoyé de son poste le lendemain de l'arrestation de ses fils. Et trois semaines après leur jugement, il fut convoqué par le Premier secrétaire du Comité central.

Il devina d'emblée de quoi Chevardnadzé allait lui parler, ou plutôt de qui. Pour ce rendez-vous au Comité central de Géorgie, où s'était joué le destin de ses enfants, il décida de s'y rendre en jean. Il n'en possédait pas lui-même, mais il finit par en dénicher un dans la chambre de ses fils. Ce ne fut pas facile, car leur chambre était sens dessus dessous à la suite de plusieurs fouilles. Ayant été fouillée et retournée à plusieurs reprises, la famille avait renoncé à la ranger. À quoi bon la ranger ? Ils reviendraient et tout serait à refaire. Après un certain temps, Vaja mit la main sur le jean qu'il cherchait. Il eut juste le temps de reconnaître l'odeur de ses fils avant de l'enfiler, de se regarder dans un miroir et de partir pour le Comité central.

Le lieu était surnommé « Tséka ». Alors qu'on lui préparait un laissez-passer, divers fonctionnaires supérieurs et des subordonnés le scannèrent de la tête aux pieds, abasourdis. Nul ne s'était jamais présenté à une convocation à la Tséka habillé en jean.

Chevardnadzé, les yeux baissés sur son travail, n'entendit pas le bonjour de l'arrivant, mais remarqua en revanche le jean de Vaja. Sans lever la tête, il l'invita à s'asseoir et en profita pour observer avec attention son pantalon. Chevardnadzé était probablement en colère, et pensait peut-être que c'était sa manière à lui de protester contre le jugement qui avait été prononcé à l'encontre de ses enfants. Voilà pourquoi il entama ainsi leur conversation :

« Je suppose que tu sais pourquoi je t'ai convoqué ?

— Non. Mais je me doute que cela concerne mes fils.

— C'est tout à fait ça.

— Alors je t'écoute.

— Non, c'est moi qui t'écoute, répliqua Chevardnadzé.

— Je n'ai pourtant rien à te dire.

— Mais tu dois bien avoir quelque chose à me demander.

— Que veux-tu dire ?

— Je parle de tes fils, bien sûr.

— Je ne peux rien te demander à ce sujet.

— Pourquoi ? N'espères-tu pas notre clémence ?

— Je n'ai pas le droit de te demander d'épargner mes enfants. Les autres n'ont rien commis de plus que mes fils.

— Alors tu veux me demander de commuer toutes leurs condamnations ?

— Si c'est la raison pour laquelle tu voulais me voir, alors oui. Mais je ne peux pas te demander de sauver seulement mes garçons, ce serait injuste pour les parents des autres qui ne te connaissent pas personnellement et ne te rencontreront jamais, comme je peux le faire, pour tenter à leur tour de sauver leurs enfants, déclara Vaja.

— Leur situation est différente.

— Nous sommes tous dans le même bateau.

— Mais ce n'est encore jamais arrivé que deux frères soient condamnés. Les autres ne perdront qu'un seul enfant chacun, tandis que toi, tu en perdras deux, s'ils ne sont pas graciés..., insinua Chevardnadzé.

— Qui pourrait leur pardonner ?

— Moscou.

— Y a-t-il une chance ?

— Nous faisons tout ce qui est en notre pouvoir, mais ils prennent souvent des décisions sans même nous consulter. Si ça n'avait tenu qu'à moi, tu sais...

— Je sais... », dit Vaja, bien qu'il ne fût pas certain de ce que cet homme aurait décidé s'il avait eu le pouvoir de changer le verdict de la cour. Tous les deux se turent un instant. Vaja n'ajouta rien, car, dans son for intérieur, il espérait toujours pouvoir sauver ses fils. Finalement, c'est le Premier secrétaire du Comité central qui brisa le silence.

« Les chances sont infimes, mais je pourrais peut-être au moins sauver la vie de l'un de tes fils. Nous nous connaissons depuis si longtemps, et tu ne m'as jamais rien demandé, jusqu'à maintenant...

— Je ne t'ai pas demandé cela non plus, remarqua Vaja.

— C'est pourquoi je veux au moins en sauver un. J'en ai déjà parlé à Moscou...

— Comment ça ?

— J'imagine qu'ils seront d'accord pour commuer la peine de celui des deux qui le mérite le plus… »

Vaja se leva et tâcha de parler, mais il eut soudain la gorge si sèche qu'il ne put rien énoncer. Chevardnadzé s'imagina que son invité tentait de le remercier et fit un geste de la main pour balayer ses remerciements. Vaja essaya de nouveau de parler, mais en vain, alors il se dirigea lentement vers la porte. Lorsqu'il l'ouvrit, le Premier secrétaire se leva à son tour, s'approcha de lui et lui demanda à voix basse et d'une manière très informelle :

« Mais lequel des deux préférerais-tu sauver ? »

Vaja comprit qu'il pourrait mourir, ici et maintenant, si Chevardnadzé ajoutait encore quelque chose. Alors il claqua violemment la porte et partit.

On comprend aisément pourquoi cette légende fut inventée, bien que son auteur reste inconnu.

Lorsque le jugement fut prononcé, Tina fut transférée vers un centre pénitentiaire pour femmes, tandis que les autres furent conduits dans les cellules réservées aux condamnés à mort dans les sous-sols de l'ancienne prison d'Ortachala. Il ne leur restait plus qu'une nuit à passer dans les geôles du KGB avant d'être transférés quand le moine fit une ultime requête au gardien à qui il avait secrètement donné l'exemplaire de l'Évangile selon saint Jean :

« Tu ne me verras plus à partir de demain. Je vais être transféré.

— Je sais.

— Vers les cellules des condamnés à mort.

— Je sais.

— Pour y attendre l'heure de mon exécution.

— Oui, je sais.

— Mais le dernier souhait d'un condamné est toujours exaucé, n'est-ce pas ?

— Dites-moi de quoi il s'agit et je ferai mon possible.

— Sais-tu dans quelle cellule se trouve Guéga ? »

Le gardien acquiesça de la tête.

« Et celle de Tina ?

— Oui, bien sûr.

— Peux-tu t'arranger pour qu'ils puissent se voir ?

— Cette nuit ?

— C'est la dernière nuit. Ils ne se reverront plus jamais. Et c'est mon dernier souhait.

— Mais je ne suis pas responsable de l'étage des femmes. Je ne peux pas m'y rendre sans les clés.

— L'amour ouvre toutes les portes..., insinua le père Théodore.

— Quand est-ce que nous pourrons parler du livre, mon père ? lança le gardien.

— Quand tu auras ouvert la première porte de l'amour. Elle est juste là, au dernier étage...

— Combien de portes vais-je devoir ouvrir ?

— Beaucoup, mais certaines seront plus faciles à ouvrir que d'autres.

— Mais la première porte est toujours la plus difficile à ouvrir, pas vrai, mon père ?

— Cela fait quelque temps que je veux te demander comment tu as fini par travailler ici. Cela me surprend d'oublier une telle chose, mais c'est ainsi.

— Je vous le dirai quand je reviendrai, mon père. »

Le gardien jeta un coup d'œil à sa montre, esquissa un sourire et annonça très calmement au père Théodore :

« Bon, je vais y aller maintenant. Je crois que c'est le bon moment.

— Le moment est toujours le même », dit le moine, plus pour lui-même, en bénissant d'un signe de la croix le gardien qui s'éloignait déjà le long du couloir.

Le gardien consulta de nouveau sa montre à la lumière d'une ampoule et accéléra le pas. Il tourna rapidement à droite, monta l'escalier et posa bruyamment l'exemplaire de l'Évangile selon saint Jean sur un bureau où sommeillait son supérieur.

« Hein ? Qu'est-ce que c'est ? s'enquit celui-ci en scrutant la couverture du livre.

— Un livre.

— Oui, je vois bien que c'est un livre, mais d'où sort-il ?

— Je l'ai confisqué à l'un des prisonniers, expliqua le gardien.

— S'ils croient que des prières suffiront pour les sauver… Mon grand-père était diacre, et ça ne l'a pas sauvé pour autant. Il priait constamment dans l'église qui se situe au bout de notre village et, maintenant, il repose dans le cimetière qui l'entoure. J'aurais aimé qu'il vive assez longtemps pour voir quel homme je suis devenu. Il n'a visité la capitale que deux fois dans sa vie.

— Chef, il me faut les clés de l'étage. Je dois emmener le prisonnier aux toilettes. Il a la diarrhée et les siennes sont bouchées. Le plombier ne sera pas là avant demain.

— Quel prisonnier ?

— Je me rappelle plus son nom. C'est celui qui est au trou pour une histoire d'usine de conserves.

— C'est toi qui t'en occupes ?

— Ouais.

— Et tu lui as donné quoi à manger pour qu'il ait la chiasse ?

— Ses propres conserves. »

Le gardien-chef éclata de rire et attrapa une clé dans le tiroir de son bureau.

« Dis-lui de se grouiller. Il est déjà minuit et tu sais que c'est interdit.

— Mais s'il lui arrive quelque chose, ils diront que c'est notre faute et ce sera encore pire.

— T'es devenu un petit malin, toi ! C'est mon poste que tu vises ? Tu veux être chef à ma place, gamin ? »

Ce fut au tour du gardien de rire, un peu jaune, avant de poursuivre son chemin. Il traversa le couloir et monta à l'étage. Puis il tourna à gauche et se mit à compter les cellules. Il s'arrêta à la septième sur la droite, jeta un rapide coup d'œil derrière lui dans la pénombre du couloir, et tapa sur les barreaux avec la clé. Il n'attendit pas de réaction et déverrouilla la porte. Guéga se tenait déjà debout et le gardien lui chuchota d'une voix quasiment inaudible :

« Viens vite avec moi.

— Hein ? Pourquoi ?

— C'est le moine qui m'envoie. »

Ils traversèrent rapidement le couloir, tournèrent à droite et montèrent un escalier. À l'étage supérieur, le gardien leur demanda avec étonnement où ils croyaient aller à minuit. Le gardien de Guéga lui expliqua tout.

« Sa femme est dans la cellule 19. Juste cinq minutes et je le ramène dans la sienne.

— Non mais tu te rends compte de ce qu'ils te feront s'ils le découvrent ? lui demanda son collègue.

— C'est leur dernière chance de se voir. Il a été condamné à mort aujourd'hui et demain il sera transféré à la prison de Gouberski.

— S'il est transféré demain, c'est toi qu'ils vont mettre dans sa cellule.

— Tu n'auras qu'à déclarer que tu ne voulais pas me donner les clés et que je te les ai prises de force.

Le gardien de Guéga arracha les clés de la main de son collègue et emprunta le couloir avec son prisonnier. Ce dernier fut encore plus surpris que le gardien de l'étage, et le questionna à voix basse :

« Vous savez, je ne suis jamais allé voir le moine, pas une seule fois.

— Quoi ?

— Avant d'être arrêté. Il m'attendait, mais je ne suis jamais allé le voir.

— Voilà, c'est ici », déclara le gardien en s'arrêtant devant la cellule 19. Il frappa doucement, déverrouilla la porte et laissa Guéga entrer.

Tina était assise pieds nus sur un lit disposé face à la porte. Elle ne portait qu'une chemise blanche. Comme si les barreaux ne suffisaient pas, la petite fenêtre de sa cellule donnait sur un mur en brique incolore.

Elle ne dit rien et écouta simplement Guéga, tandis qu'il lui caressait doucement les doigts.

« Ne t'inquiète pas… Mon grand-père aussi a été condamné à mort, mais il a survécu. C'est son nom que je porte. Il n'avait que vingt-trois ans quand ils l'ont condamné à mort, et il a dit à Beria, en mingrélien[1] : "Je n'ai pas peur de la mort, tu me rejoindras là-bas un jour et alors nous pourrons parler." Ils l'ont sorti de la prison de Métékhi, une nuit, et lui ont dit de se tenir debout face à la rivière. Mais mon grand-père leur a demandé de ne pas lui tirer dans le dos, qu'il préférait voir venir la mort en face. Ils ont pointé leurs fusils sur lui et ont fait feu, mais ils l'ont raté, exprès, sur ordre de Beria. On m'a raconté qu'il disait, à qui voulait l'entendre, que ce que Beria lui avait fait était pire que la mort… mais il est toujours en vie. Tu te souviens de lui, non ? À notre mariage, c'est lui qui t'a embrassée sur le front et qui ne cessait pas de pleurer… Moi non plus, ils ne me tueront pas. Ne crains rien. Il se passera quelque chose au dernier moment et je ne serai pas fusillé… »

Quelqu'un frappa timidement à la porte de la cellule et Guéga se leva.

« J'arrive, un instant », dit-il avant de se rasseoir aux côtés de Tina. Il lui pressa les doigts, très fort, et se mit à pleurer.

Avant que le gardien ne referme la cellule derrière lui, Guéga jeta un dernier regard vers Tina, toujours assise sur son lit, le visage pâle. C'est l'image qu'il garda d'elle, assise sur un lit dans sa cellule, les pieds nus, les yeux remplis de larmes…

---

1. Langue caucasienne du Sud, parlée par environ 300 000 locuteurs en Géorgie.

Envol

Tout au long de cette affaire, les Géorgiens furent persuadés qu'au final les pirates de l'air ne seraient pas fusillés. Pour certains, cette condamnation à mort était si inconcevable qu'ils inventèrent eux-mêmes diverses versions de l'histoire. Parmi celles-ci, la plus répandue fut la version sibérienne. Il se murmurait qu'au lieu d'être fusillés, les condamnés à mort seraient envoyés en Sibérie pour servir de main-d'œuvre sur des chantiers soviétiques secrets jusqu'à la fin de leurs jours. Voilà comment finiraient les pirates de l'air, disait-on. En réalité, le gouvernement soviétique exécutait les condamnés à mort, et la version sibérienne de l'histoire n'était rien d'autre que le fruit de l'imagination de ceux qui refusaient d'accepter leur mort. La peine de mort existait, bien entendu, mais il arrivait parfois qu'elle soit exécutée des mois ou même des années plus tard, car les gouvernements de toutes les républiques soviétiques devaient attendre l'aval officiel de Moscou. C'est pourquoi la procédure était habituellement étendue sur un temps long. Par conséquent, l'empressement à l'égard des pirates de l'air reste incompréhensible. Ils furent exécutés le 3 octobre, à peine un mois et demi après leur condamnation.

Naturellement, il n'y eut ni déclaration officielle ni annonce aux parents et aux proches des condamnés. Mais l'information selon laquelle Guéga et ses amis avaient été fusillés s'ébruita à travers Tbilissi et toute la Géorgie. Puisqu'il n'y avait pas d'autres sources d'information sous le régime soviétique, les Géorgiens ne pouvaient que compter sur des radios occidentales pour découvrir ce que leur propre gouvernement tentait de leur dissimuler. La triste nouvelle de l'exécution des pirates de l'air fut diffusée le jour même, le 3 octobre 1984, par la station *Voice of America* ; mais la plupart des gens refusèrent toujours d'y croire…

Le grand-père de Guéga, celui dont il portait le nom et qui avait miraculeusement échappé à la mort lorsqu'il avait le même âge, mourut ce même jour du 3 octobre…

Les cellules réservées aux condamnés à mort se situaient dans les sous-sols de la prison d'Ortachala, dans un bâtiment nommé « Gouberski ». Les condamnés étaient emmenés pour être fusillés dans une pièce spécialement aménagée à cet effet qui se trouvait au même étage. D'autres détenus de droit commun étaient aussi accueillis au même endroit. Et tous savaient qui se tenait où, qui avait été emmené et qui venait d'arriver. Certains en savaient plus que d'autres.

Parmi eux, Dima Lortkipanidzé, un criminel célèbre, purgeait sa peine à l'étage supérieur. Il était né à Paris dans une famille d'exilés politiques géorgiens. Les attitudes antisoviétiques n'avaient donc rien d'inhabituel pour lui. Près de sa cellule il y avait quelques détenues arrêtées pour commerce illégal. En attendant leur transfert vers une prison pour femmes, elles avaient pris l'habitude de chanter tous les soirs. Le gardien, qui se demandait bien ce qui les poussait à chanter ainsi, s'en plaignait, car il était sévèrement réprimandé par ses supérieurs pour la mauvaise discipline de son étage. Cela éveilla l'intérêt de Dima qui le questionna longuement à leur sujet, mais le gardien haussa simplement les épaules : certaines d'entre elles avaient été comptables et d'autres avaient tenu des magasins. Lui-même était étonné de les entendre si bien chanter. Dima fit signe au surveillant de s'approcher et lui demanda discrètement :

« Si ces femmes chantent un peu plus fort, ils les entendront, ceux d'en bas ?

— Comment ça : *ceux d'en bas* ? demanda le surveillant.

— Les condamnés à mort.

— Pas dans leurs cellules en tout cas.

— Et dans leur couloir ? Ils les entendraient du couloir ?

— Peut-être, oui, si elles chantent plus fort.

— *Peut-être ?* Ou *pour sûr* ? insista Dima.

— Peut-être, répéta le surveillant.

— Écoute, tu seras bien récompensé si tu me rends un petit service.

— Vous allez me faire perdre mon boulot…

— C'est vrai, ça serait une telle perte un boulot comme le tien, ironisa Dima, alors écoute-moi bien. À l'étage d'en dessous se trouve Guéga, l'acteur.

— Oui, je sais, ceux de l'avion. Les autres sont en dessous aussi.

— Les autres, on peut rien pour eux, mais Guéga, si. Il n'a que vingt-deux ou vingt-trois ans, il est encore très jeune.

— Oui, je l'ai déjà vu au cinéma, mais…

— Bon, alors dis-moi quand ils emmèneront Guéga pour le fusiller. Tu peux te renseigner ?

— Oui, bien sûr. Le surveillant de son étage est un cousin à moi.

— Un cousin germain ou un cousin au second degré ?

— Un cousin germain.

— Dans ce cas, tu me préviendras dès qu'ils le feront sortir.

— Mais je risque de me faire virer ! J'ai deux enfants, moi. Dites-moi au moins ce que vous comptez faire.

— Pas grand-chose, t'inquiète, assura Dima.

— Vous allez ruiner ma carrière…

— Mais puisque je te dis que tout ira bien.

— Alors qu'est-ce que vous voulez ? s'enquit le surveillant.

— Quand ils seront sur le point d'emmener Guéga, tu diras aux femmes de se mettre à chanter, aussi fort que possible. Dis-leur que c'est moi qui le leur demande, et dis-leur qu'il sera fusillé. »

Le surveillant écouta avec étonnement cet étrange prisonnier, si différent de tous ceux qu'il avait rencontrés au cours de sa carrière…

Ils furent tous fusillés le même jour. Les autorités tentèrent de le faire le plus discrètement possible, et dans trois des cas, ils réussirent : le moine et les frères furent sortis de leurs cellules en pleine journée, à un moment où les détenus sont moins aux aguets. Enfin, ils se dirigèrent vers la cellule de Guéga. Celui-ci se leva tout en croyant encore qu'il n'en serait rien. Il n'avait aucune idée de l'endroit où il allait. Il ne savait pas qu'au bout du couloir se trouvait une pièce dans laquelle l'attendait le verdict de la cour. En chemin, Guéga entendit des chants au loin, quelque part au-dessus de lui, mais il se dit qu'il devait se tromper et esquissa un léger sourire. À l'étage, les détenues chantaient avec ardeur. Elles s'étaient collées à la fenêtre de leurs cellules, chantaient et pleuraient en même temps. Contrairement à Guéga, Dima les entendit très bien de sa cellule, en dépit des cris et des coups qu'il donnait sur la porte jusqu'à avoir le poing en sang.

La voix de Dima parcourut toute la prison. En quelques secondes, il fut rejoint par les autres détenus, et bientôt toute la prison d'Ortachala sut que dans les sous-sols on emmenait un homme pour le fusiller. Chaque étage de la prison hurla le nom de Guéga jusqu'à s'en casser la voix, et lorsque ce dernier atteignit le bout du couloir, le grondement était devenu si fort que les surveillants qui l'accompagnaient échangèrent des regards inquiets. Ils étaient peut-être pressés, ou l'Union soviétique était peut-être en train de pourrir, parce que, lorsque Guéga entra dans la pièce, le bourreau qui l'attendait surgit parderrière et tenta de l'abattre sur-le-champ, conformément aux instructions. Mais son arme s'enraya. Pour un tueur professionnel, cet accroc fut tellement inattendu qu'il devint confus et nerveux. Calmement, Guéga se tourna vers lui et lui dit avec le sourire :

« Avant, au moins, vous étiez capables de tuer des gens. Mais maintenant, même ça, vous n'y arrivez plus. »

Le bourreau fit feu, et ce fut la fin…

Personne n'informa officiellement les parents des condamnés à mort de leur exécution. Le gouvernement soviétique avait des règles encore plus perfides et impitoyables en réserve. Quelques jours après le 3 octobre, les familles reçurent des factures, les obligeant à payer les frais encourus lors de l'exécution de leurs enfants. Le prix de chaque balle avait été fixé à trois roubles, mais la mère de Guéga dut en payer six, pour les balles de l'arme qui s'était enrayée ou avait simplement raté sa cible. Cela fut vraiment difficile à croire, car comment rater une cible, surtout à une distance si courte ? C'était toute l'histoire de l'Empire soviétique.

Ceux chargés des exécutions recevaient une prime de quatorze roubles par personne exécutée. Quelle valeur peut avoir la vie humaine dans un endroit où la mort d'une personne coûte quatorze roubles ?

Ce n'étaient pas des héros, et ce qu'ils commirent s'appelle un crime dans toutes les langues.

Par conséquent :

Leurs parents, proches, amis et connaissances ne clamèrent jamais que Guéga et ses amis étaient innocents et qu'ils n'auraient pas dû être tenus pour responsables de leur acte. Détourner un avion est un crime, quel que soit le pays, d'autant plus lorsqu'il y a des morts ou des blessés. Les pirates doivent être punis.

Mais :

Exécuter des gens qui n'ont eux-mêmes tué personne est un crime tout aussi barbare qu'un détournement d'avion, ou peut-être même pire encore.

De plus :

C'est un acte encore plus barbare d'exécuter quelqu'un pour avoir tenté de détourner un avion à bord duquel il n'a jamais embarqué. Visiblement, la cruauté du gouvernement soviétique envers le moine géorgien transforma la conscience du gardien de prison qui le surveillait avant son exécution, dans les geôles du KGB à Tbilissi. Celui-ci démissionna et se retira jusqu'à la fin de ses jours dans le monastère que le moine aimait tant. Dans le village en contrebas, d'où part la route enneigée qui mène au monastère, une légende naquit : le moine y vivrait toujours, il n'aurait jamais été exécuté, et un innocent aurait finalement été épargné.

Aujourd'hui encore, de nombreux Géorgiens continuent de croire que les pirates de l'air sont toujours en vie, quelque part, très loin de ce monde empli de haine, et que, puisqu'ils voulaient tellement s'envoler, ils se sont vraiment envolés…

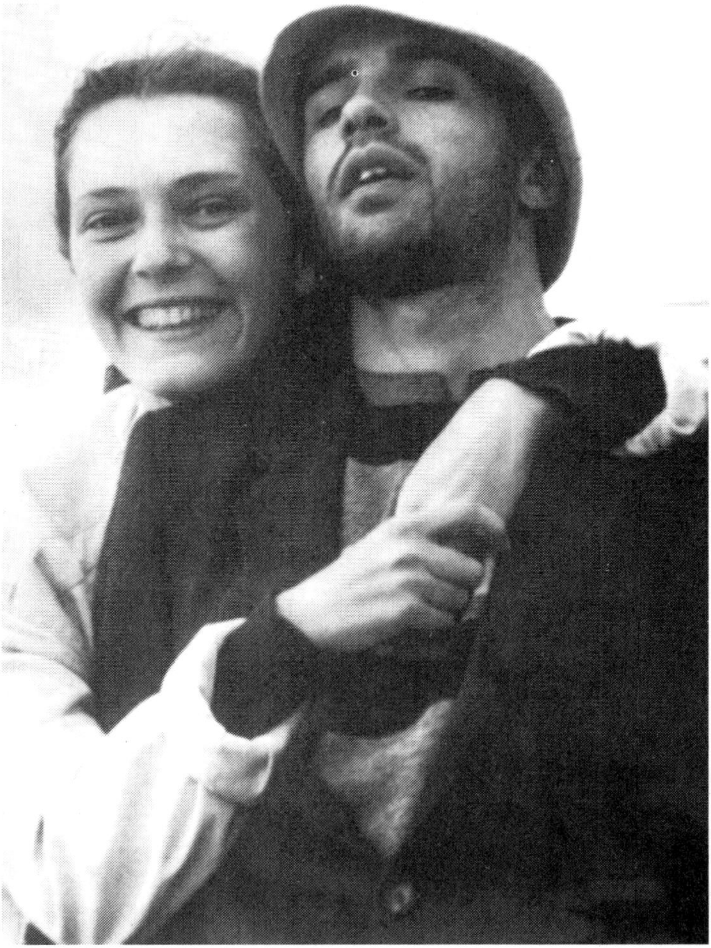

Portrait de Tina Petviachvili et Guéga Kobakhidzé

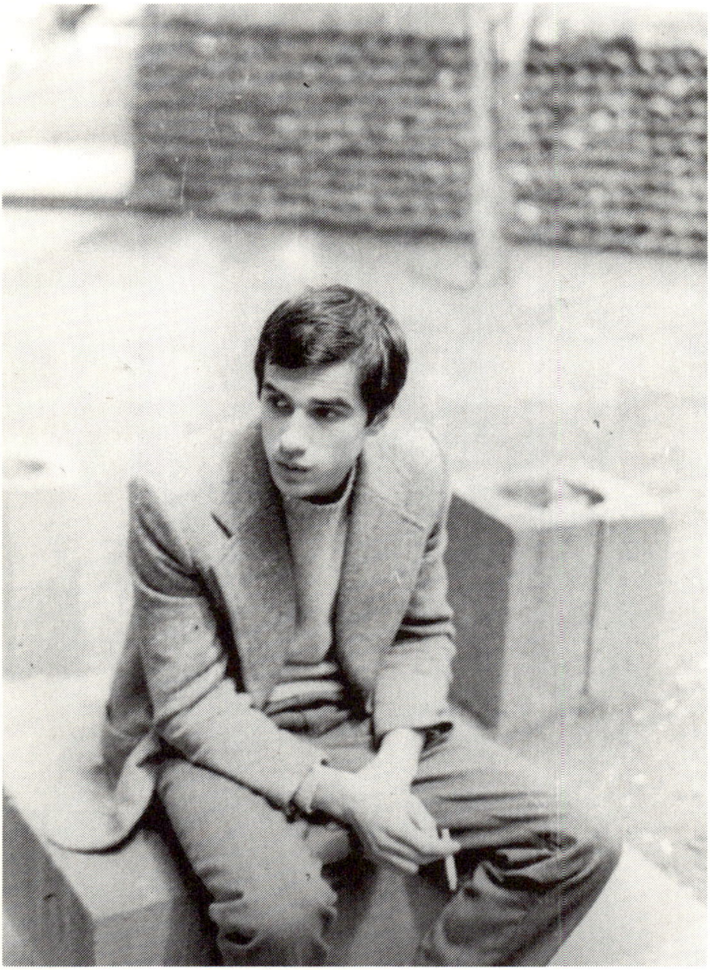

Portrait de Guéga Kobakhidzé

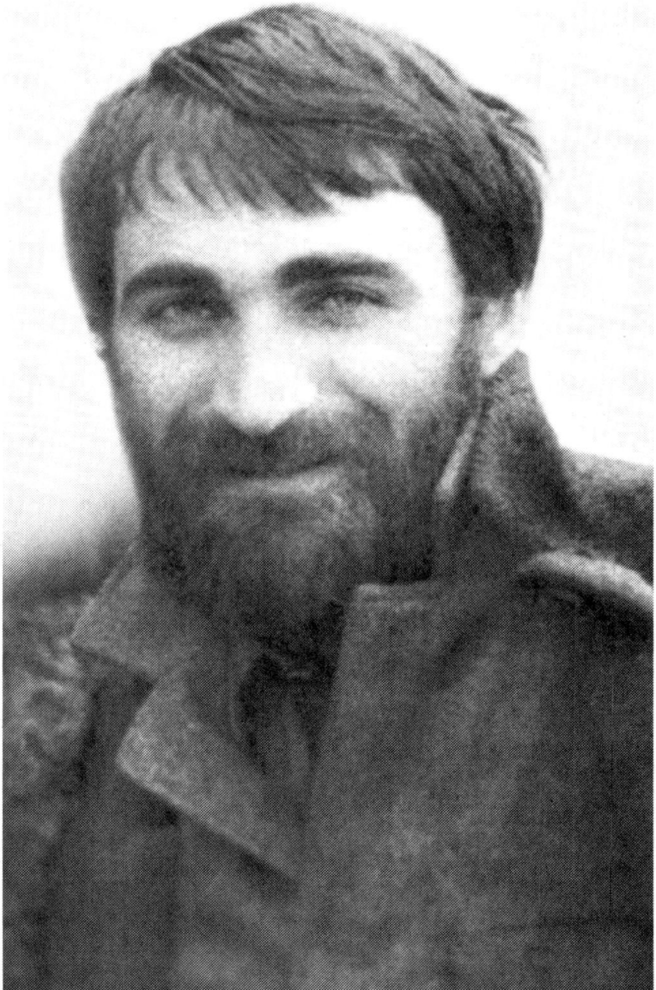

Portrait de Témouraz Tchikhladzé

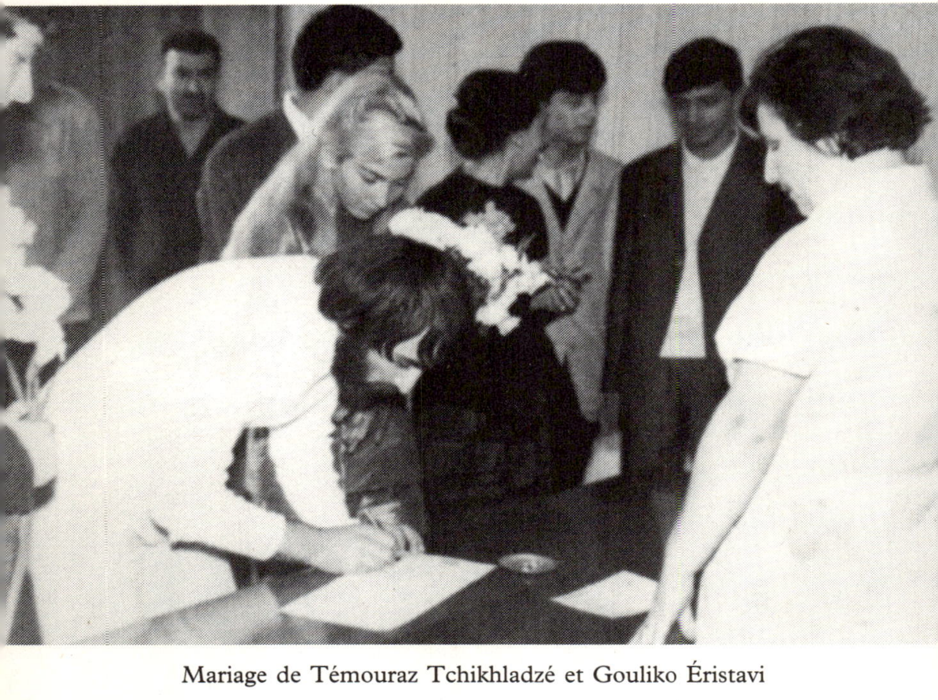

Mariage de Témouraz Tchikhladzé et Gouliko Éristavi

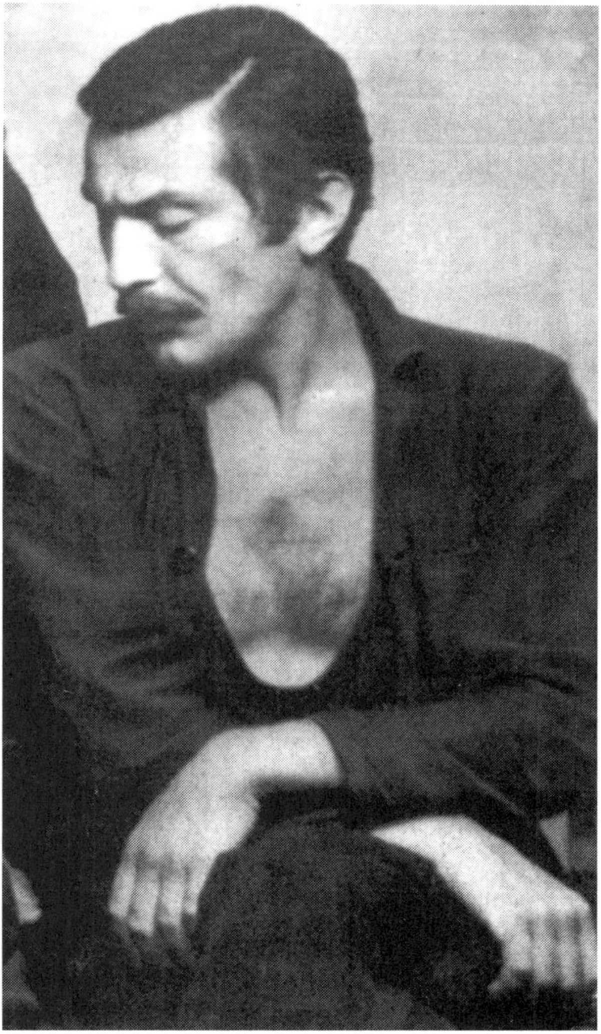

Portrait de Gia Tabidzé

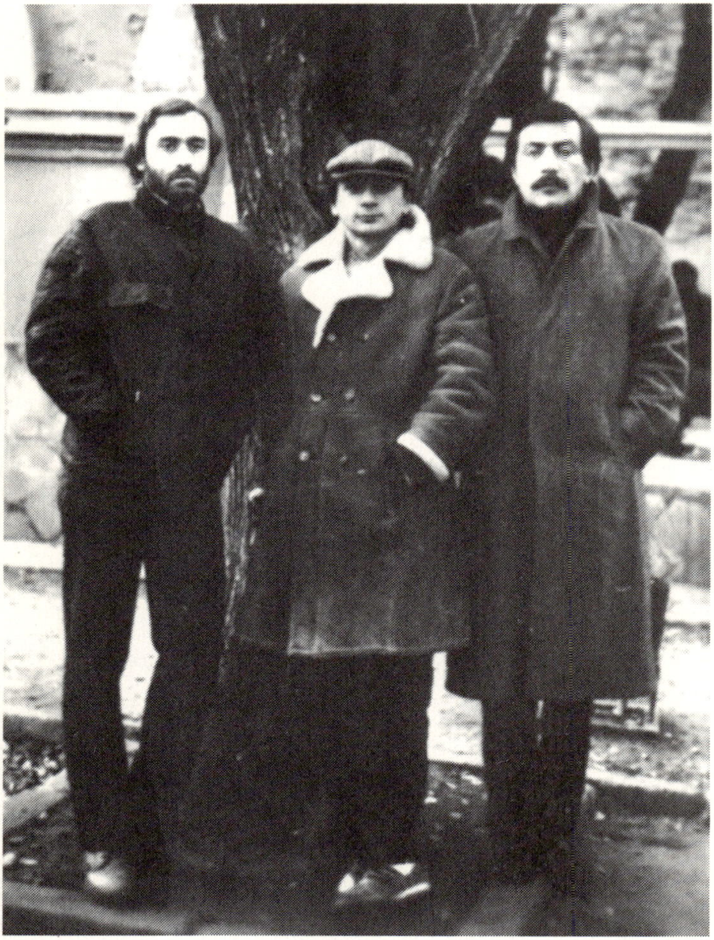

De gauche à droite :
Soso Tsérétéli, Dato Mikabéridzé et Gia Tabidzé

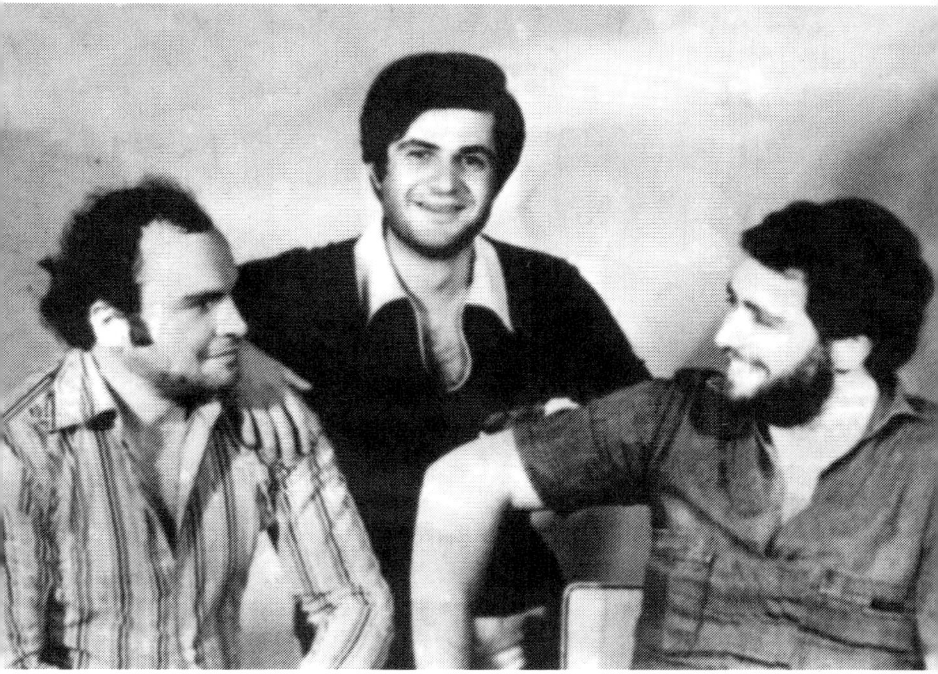

À gauche : Kakhaber Iveriéli, à droite : Paata Iveriéli

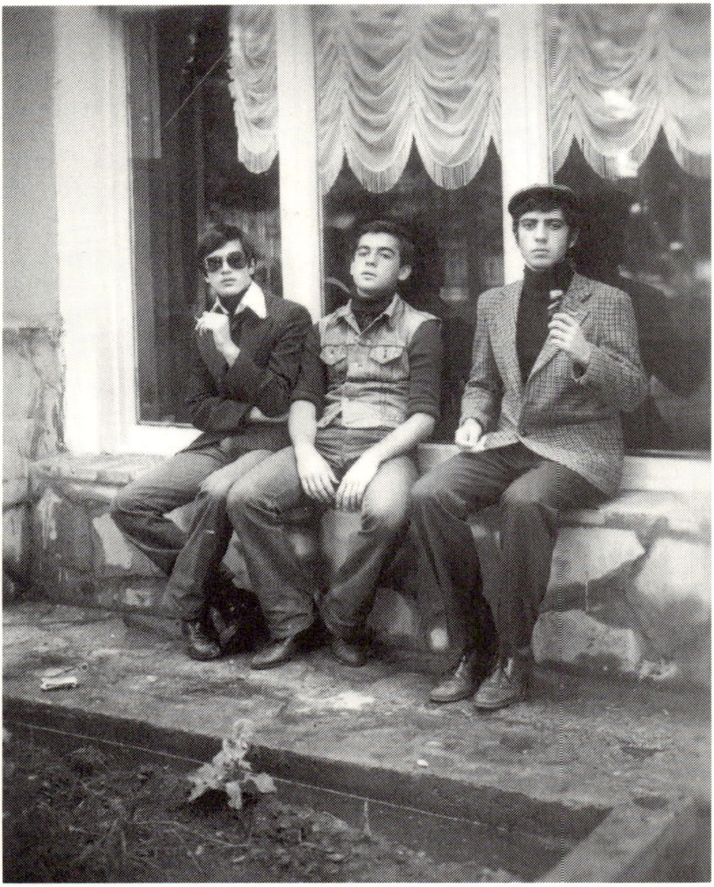

Guéga Kobakhidzé, Irakli Tcharkviani, Giorgi Mirzachvili

PARUS DANS
LA BÊTE NOIRE

NOÉMIE ADENIS
Le Loup des ardents (Grand Prix des Enquêteurs 2021)

KATERINA AUTET
La Chute de la maison Whyte (Grand Prix des Enquêteurs 2020. Prix littéraire de la Renaissance française 2020)
Les Deux Morts de Charity Quinn

CÉDRIC BANNEL
Baad (Prix du Meilleur polar des lecteurs de *Points* 2017)
Kaboul Express
L'Espion français

JACQUES-OLIVIER BOSCO
Brutale
Coupable

RHYS BOWEN
Son Espionne royale
Tome 1, *Son Espionne royale mène l'enquête*
Tome 2, *Son Espionne royale et le mystère bavarois*
Tome 3, *Son Espionne royale et la partie de chasse*
Tome 4, *Son Espionne royale et la fiancée de Transylvanie*
Tome 5, *Son Espionne royale et le collier de la reine*
Tome 6, *Son Espionne royale et les douze crimes de Noël*
Tome 7, *Son Espionne royale et l'héritier australien*
Tome 8, *Son Espionne royale et la reine des cœurs*
Tome 9, *Son Espionne royale et les conspirations du palais*
Tome 10, *Son Espionne royale et le baron irlandais*

FRANCK CALDERON, HERVÉ DE MORAS
Là où rien ne meurt

JULIA CHAPMAN
Les Détectives du Yorkshire
Tome 1, *Rendez-vous avec le crime*
Tome 2, *Rendez-vous avec le mal*
Tome 3, *Rendez-vous avec le mystère*
Tome 4, *Rendez-vous avec le poison*
Tome 5, *Rendez-vous avec le danger*
Tome 6, *Rendez-vous avec la ruse*
Tome 7, *Rendez-vous avec la menace*
Tome 8, *Rendez-vous avec le diable*

KAREN CLEVELAND
Toute la vérité

DANIEL COLE
Ragdoll
Tome 1, *Ragdoll* (Prix Griffe noire du polar de l'année 2017)
Tome 2, *L'Appât* (Prix Bête noire des libraires 2018)
Tome 3, *Les Loups*
Pietà

COLLECTIF, SOUS LA DIRECTION DE LISETTE LOMBÉ, ELVIRA MASSON, DELPHINE DE VIGAN ET FABRICE ROSE
Histoires de femmes – Les Ondes

SANDRONE DAZIERI
Tu tueras le Père
Tu tueras l'Ange
Tu tueras le Roi
La Danse du gorille

LARA DEARMAN
La Griffe du diable
L'Île au ciel noir

Ingrid Desjours
Les Fauves
La Prunelle de ses yeux

Claire Favan
Serre-moi fort (Prix Griffe noire du meilleur polar français 2016)
Dompteur d'anges
Inexorable

Rebecca Fleet
L'Échange
La Seconde Épouse

Dominique Forma
Coups de vieux

Olivier Gallien
Dans la neige ardente (Prix Bête noire des libraires 2022)

Amy Gentry
Les Filles des autres
De si bonnes amies

Patrice Guirao
Le Bûcher de Moorea
Les Disparus de Pukatapu
Rivage obscur

L. S. Hilton
Maestra
Domina
Ultima

INGAR JOHNSRUD
Les Adeptes
Les Survivants

ELIZABETH KEY
Sept Mensonges

MATHIEU LECERF
La Part du démon (Prix Bête noire des libraires 2021)
Au royaume des cris

SARA LÖVESTAM
Chacun sa vérité (Grand Prix de littérature policière 2017, domaine étranger. Prix Nouvelles voix du polar 2018, roman étranger)
Ça ne coûte rien de demander
Libre comme l'air
Là où se trouve le cœur

FABIO MITCHELLI
Une forêt obscure
Le Tueur au miroir
Le Loup dans la bergerie (Prix Méditerranée Polar 2021)

NADINE MONFILS
Les Folles Enquêtes de Magritte et Georgette
Nom d'une pipe !
À Knokke-le-Zoute !
Les Fantômes de Bruges
Liège en eaux troubles

NICOLE NEUBAUER
Sous son toit

VINCENT ORTIS
Pour seul refuge (Grand Prix des Enquêteurs 2019)
Patiente

GIN PHILLIPS
Le Zoo (Prix Transfuge du meilleur polar étranger 2017)

ANTOINE RENAND
L'Empathie (Prix des lecteurs Gouttes de Sang d'Encre 2019. Prix Nouvelles voix du polar 2020, roman français)
Fermer les yeux
S'adapter ou mourir

FABRICE ROSE
Tel père, telle fille (Prix Bête noire des libraires 2020)
Le Plan

RYDAHL & KAZINSKI
La Mort d'une sirène

ROMAIN SLOCOMBE
La Trilogie des collabos
L'Affaire Léon Sadorski (Prix Libr'à Nous 2017, catégorie polar)
L'Étoile jaune de l'inspecteur Sadorski
Sadorski et l'Ange du péché
La Trilogie de la guerre civile
La Gestapo Sadorski
L'inspecteur Sadorski libère Paris
J'étais le collabo Sadorski

THIBAUT SOLANO
Les Noyés du Clain

Clémentine Thiébault
En votre intime conviction – Les Ondes

Ilaria Tuti
Sur le toit de l'enfer (Prix Bête noire des libraires 2019. Prix Nouvelles voix du polar 2020, roman étranger)
La Nymphe endormie
À la lumière de la nuit
Fille de la cendre

Harriet Tyce
Blood Orange

Damien et Sibylle Véron
Tiphaine où es-tu ? – Les Ondes

Annette Wieners
Cœur de lapin

Composition et mise en pages
Nord Compo à Villeneuve-d'Ascq

MIXTE
Papier issu de sources responsables
FSC® C003309

L'éditeur de cet ouvrage s'engage dans une démarche de certification FSC® qui contribue à la préservation des forêts pour les générations futures.

Pour en savoir plus :
www.editis.com/engagement-rse/

Achevé d'imprimer en août 2022
par Normandie Roto Impression s.a.s.
61250 Lonrai (Orne)
N° d'édition : 64217/01 – N° d'impression : 2203174

Imprimé en France